さようなら竜生、こんにちは人生
GOOD BYE, DRAGON LIFE.
永島ひろあき
HIROAKI NAGASHIMA
19

目次

主な登場人物
MAIN CHARACTERS

ドラン
最強の古神竜“ドラゴン”の転生した姿。クリスティーナの下で故郷ベルン村の発展に取り組む。
クリスティーナ
“竜殺しの因子”を受け継ぐ絶世の美人剣士。ベルン男爵に叙された。
セリナ
ドランと婚約を果たしたラミアの美少女。ドランの心の拠り所でもある。

エドワルド
魔法学院の若手教授。
天人《てんじん》の研究に
心血を注ぐ。
ドラミナ
ドランの婚約者で
よき相談相手の
元バンパイア
クイーン。
リネット
ドランの従者を務める
リビングゴーレムの
少女。
ディアドラ
妖艶な黒薔薇の精。
ドランの恋人の一人で
リネットを娘のように
思っている。

第一章――――王太子からの依頼

新たな春の季節にアークレスト王国最北部辺境に興《おこ》されたベルン男爵領《だんしゃくりょう》は、その出発から半年を経《へ》ずして、とんでもない事件に襲われた。

悪名高い大邪神カラヴィスの名を冠《かん》する建造物――カラヴィスタワーが領内に出現するという、世界中の統治者が頭を抱えて神々を呪いたくなるような一大事である。

一つ対処を誤れば、禁教に指定されているカラヴィス教との関係を疑われて、男爵家の取り潰しもあり得る。さらに、塔の内部に囚《とら》われていたサキュバス達が、古神竜ドラゴンの転生者であるドランの眷属《けんぞく》になるという予想外の事態まで発生した。

しかし、ドラン達ベルン首脳陣の奮迅《ふんじん》に加えて神々の協力もあり、なんとか穏便《おんびん》な方向で一段落を迎えられたのは誠に幸《さいわ》いだったと言えよう。

こうした予想外の事態に見舞われながらも、出だしに成功したベルン領には、それまで様子見に徹していた商人や冒険者、移住を考えていた者達が本格的に集まりだした。

宿泊施設と交通網の整備、積極的な広告活動のお蔭《かげ》もあって、ベルン村にはかつての開拓計画の全盛期に勝《まさ》るとも劣らない賑《にぎ》わいが戻っている。

†

ガロア魔法学院を卒業し、ベルン男爵領の領主となったクリスティーナの一日は、日の出と共に始まる。

起床の時間は学生時代と変わりはなく、同じ部屋で寝起きしている使い魔の不死鳥ニクスに促《うなが》されて目を覚ますのも同じだ。

鶏《にわとり》ではなく、不死鳥の子供が朝を告げるとは、ある意味豪華《ごうか》である。

近頃は、固有の人格を持つ愛剣『ドラッドノート』が、少年ないしは少女の姿で顕現《けんげん》し、ニクスと交替で起こしに来るようになっている。

この様子からも、両者の関係は良好であると窺《うかが》え、主人であるクリスティーナとしては大変喜ばしかった。

「クリスティーナ、起床の時間です。本日は一日中晴天となるでしょう」

今日の目覚まし役は、少女の姿で顕現したドラッドノートだ。

就寝時は有事に備えて剣の状態でベッドの中に持ち込まれて、クリスティーナに握《にぎ》られているが、目覚まし役をする時は人間の姿に変わって枕元に立つ。

「ん……ああ、おはよう、ドラッドノート。いつもありがとう」

クリスティーナは幼少期に母と流浪《るろう》の生活していた際の習慣から、僅かな物音や変化ですぐに目を覚ます。

ドラッドノートに声を掛けられた時点でほぼ完全に覚醒《かくせい》し、顔からは眠気が完全に払拭《ふっしょく》されていた。

ニクスも愛用の止まり木の上で目を覚ましており、主《あるじ》の代わりと言わんばかりに大きく嘴《くちばし》を開けて欠伸《あくび》している。

クリスティーナの寝室は新興の男爵家として充分な広さを備え、ベルン近隣の土地から集められた調度品が並んでいた。

エンテの森産の古木を用いた衣装箪笥《いしょうだんす》や、海底で何千年も生きた貝の貝殻《かいがら》を使った見事な透《す》かし彫《ぼ》りのランプなどは、交友関係を分かりやすく示す品だろう。

決してこれ見よがしな華美《かび》さはないものの、価値の分かる王侯貴族なら目玉が飛び出るような希少な品が並んでいる。

ただ、部屋の主であるクリスティーナに勝る宝は一つもないと、誰もが認めるところだ。

「侍女を招き入れてもよろしいですか？」

ベッドを下りたクリスティーナに、ドラッドノートが確認した。

寝室の外では着替えの準備を整えた侍女達が入室の許可を待っている。

返事をする前に、クリスティーナはベッド脇の棚に置いた、容貌《ようぼう》を醜《みにく》く変化させる効果のある『アグルルアの腕輪』を手早く身につけた。美しすぎる彼女が下手に素顔を晒すと男女問わず魅了してしまう為、生活や執務に支障が出ないように日頃から外見を補整しているのだ。

「ああ、もう構わないよ。入ってもらってくれ」

現在、この館のメイド兼遊撃騎士団の団員として、リビングゴーレムの少女——リネットが籍《せき》を置いているが、クリスティーナの世話は、他のメイド達も行なう。

専属秘書であるバンパイアクイーンのドラミナや、補佐官のドランを含め、周りを〝身内〟ばかりで固めるのは健全とは言い難いと考えたからだ。

それに、クリスティーナの父方の祖父、先代のアルマディア侯爵《こうしゃく》に仕《つか》えていた経験豊かな者達が働きに来てくれている。彼らの指導のもと、人材の育成も兼ねて、新しいメイド達にも身の回りの世話を委《ゆだ》ねているのだ。

ドラッドノートが小さな銀の鈴を鳴らすとすぐに扉が開き、年齢も種族もバラバラな四人のメイドが入ってくる。

「おはようございます、男爵様。本日のお召《め》し替《か》えを始めさせていただきたく存じます」

真っ先に口を開いたのは先頭に立つメイド長だ。巻角《まきづの》と柔らかな白髪《はくはつ》が印象的な羊人の老女である。先代アルマディア侯爵に仕えていた者の一人で、ベルン男爵領ではメイドとして最も確かな経歴と経験を持つ、貴重な人材だ。

彼女に続くのは、耳と腕の付け根から手首にかけての被膜《ひまく》が特徴の蝙蝠人《こうもりびと》、体の一部が皮膚《ひふ》ではなく甲殻《こうかく》に覆《おお》われている蟹人《かにびと》、クリスティーナよりも年下の小柄《こがら》な純人間種の少女。この四人が、本日の担当だった。

ちなみに、美の概念を超越するほどに美しい主人の肌や髪に触れ、その姿を間近に見なければならないメイド達にとっては、一回一回の着替えが途方《とほう》もない死闘である。何しろ、あまりの美貌《びぼう》にやられて男女問わず失神しかけるほどなのだから。

そんな彼女達の心中を知ってか知らずか、クリスティーナが一礼する。

「よろしく頼む」

こういう場合、黙ってメイド達に身を任せるのが〝貴族らしさ〟なのだが、クリスティーナが実践出来るようになる日はまだまだ遠そうだ。

メイド達の方も腰の低さの抜けない主人には慣れたもので、黙々と衣装箪笥を開いて準備を始める。

基本的にクリスティーナは、動きやすさが第一、次に価格の低さを優先して服を選ぶ傾向にある。

彼女は幼少期から人生の半分以上の時間を貧困に喘《あえ》いで暮らしてきた為、衣食に不自由ない生活を送れるようになってからも、好みに変化はない。

彼女が身につけたのは、最上級の素材を使ったフリルを襟《えり》や袖《そで》にあしらった白のブラウス、動きやすさを重視した革のズボン。白銀の髪を束《たば》ねるのは金糸の刺繍《ししゅう》が施《ほどこ》された青のリボンで、首元を飾るリボンも同じく青と、学生時代とほとんど変わらぬ出《い》で立《た》ちだ。

これには流石《さすが》のドラン達も少し呆《あき》れている。

屋敷の中では帯剣はせず、少女姿のドラッドノートを後ろに従え、ニクスを左肩に乗せて、クリスティーナは寝室を出る。

身だしなみを整えたら、次は朝食だ。

彼女の人生において、食事は常に最大の楽しみであり、癒《い》やしであり、救いであった。

しかも、生涯の伴侶《はんりょ》と定めたドランがおり、最愛の友人達――ラミアのセリナや黒薔薇《くろばら》の精ディアドラ、ドラミナも同席する、賑やかな食卓だ。今やクリスティーナにとっては人生で最も楽しい時間になっている。

普段の食卓では家長の座る席にクリスティーナが腰掛けて、彼女から見て右手側にドラン、その隣《となり》にセリナ、左手側にはディアドラとドラミナという席次だ。

最近ドランに保護されて身内に加わったリネットは、愛らしいメイド服姿で、給仕の為に控《ひか》えているメイド達の列に並んでいる。

ドラッドノートは、クリスティーナの愛剣としては先輩にあたる『エルスパーダ』を抱えて、主人の右後ろに立つ。その場所ならば、必要な際にはいつでもクリスティーナの右腰に収まれるからだ。

無論、食事の席でも、使用人達の〝気苦労〟は続く。

クリスティーナのみならず、ドラミナという絶世の美女まで加わるのだから、二人を同時に視界に収めてしまうと、眩暈《めまい》に襲われてどんな粗相をしでかすか分からない。むしろ、それで済めばマシなくらいだ。

結局、使用人達はクリスティーナとドラミナの顔を直視せず、手元を見るように徹底して対応せざるを得なかった。

そんな中、クリスティーナがにこやかに口を開く。

「みんな、おはよう。今日もこうして顔を合わせられて、本当に嬉しいよ。まだまだ忙しい日が続くけれど、まずはお腹を満たして、一日頑張ろう」

身内相手とはいえ、堅苦しい挨拶ではなく、穏やかな励《はげ》ましの言葉から始まったのは、実にクリスティーナらしい。

†

朝食を済ませて心身共に栄養をとった後は、早速仕事の時間である。

「ルメル子爵《ししゃく》からの紹介状をお持ちのこちらの方はシロ、元ヴェイクル侯爵家の執事の方はクロですね」

クリスティーナの執務室に置かれた秘書用の机では、ドラミナが直近の就職希望者の書類審査をしている最中だ。

彼女はベルン男爵領の内情調査を行なう為の密偵と、純粋な就職希望者を選別していた。

これには、彼女が事前に放った蝙蝠の使い魔がもたらす情報と、道中の木々や草花が聞いた会話などが判断基準になる。

世界樹――エンテ・ユグドラシルや、黒薔薇の精ディアドラの全面的協力を得ているベルンならではの情報網だ。

「今日も胸の内に隠し事をしていらっしゃる方がたくさんおいでのようで」

ドラミナはバンパイアの国の女王であった時代にも似たような情報戦をした経験がある。それを思い出して、楽しそうに笑った。

しかし、経験豊富な元女王陛下はそれでいいかもしれないが、新米領主のクリスティーナは、白黒入り混じる就職希望者に辟易《へきえき》している様子だ。

「一癖《ひとくせ》ある連中といっても、労働力としては有能だから、追い払うのは勿体《もったい》ない。おまけに、紹介状があると断りにくい。知られても構わない〝餌《えさ》としての情報〟をいくらか掴《つか》ませて、後は身を粉にして働いてもらえばいいか」

「ドランの魂《たましい》やドラッドノートの本当の由来と比べれば、大概の事は重要な情報ではないと、ついつい錯覚《さっかく》してしまうのには、気を付けないといけませんよ」

ドラミナにやんわりと忠告され、クリスティーナが苦笑する。

「普通の領主としての感覚を養わないと、色々と失敗しそうだからね。とにかく、多少の曰《いわ》く付きや思惑を抱えた人材も、構わず採用して利用させてもらおう。しかし、人事採用でこうも悩むとは……。そこに思い至らなかった私が浅はかだったよ」

クリスティーナは机の上に置かれたいくつかの籠《かご》の一つから、また別の書類を取り出した。

ベルン男爵領には、いわゆる内政、文官系の就職希望者ばかりでなく、武官としての希望者も大挙して押し寄せている。

クリスティーナが手にした書類は、そちらの希望者達をまとめたものだ。希望者が集《つど》うのは一向に構わないのだが、その売り込み方にはいささか悩まされている。

具体例を挙げると、複数の武芸者が屋敷の前で剣やら槍やらを振り回したり、遠くの的に矢を当てたりして実力を誇示《こじ》しはじめたのだ。

流石にこれには参り、武官に関しては定期的に大会を開いて採用試験代わりにする方向で検討している。

「ドランをはじめ、私達のような特殊な人材の力に依存して領地を回すよりも、〝凡人〟による代替可能な治世の方が、長く繁栄《はんえい》するものですよ。将来の為にここは心を強く持って、毒にならぬ程度に能力を持った人材を集めましょう。とはいえ、平凡な人材だけでは発展性に欠けます。奇人と呼ばれるような突出した才能も一定数は集めないといけませんし……。ふふ、難しいものです」

正直、ドラン達は〝なんでも出来る〟と言っても過言ではないが、それで万事を片付けられるのは今の世代までだ。

このやり方がベルン男爵領における主流となってしまっては、次以降の世代の領地運営は上手くいかなくなってしまう。

もっとも、バンパイアであるドラミナを筆頭に、女性陣はほとんどが長命な種族なので、次世代までの期間は彼女達が自主的に譲《ゆず》らないとかなり長いものになるかもしれないが。

それでも、やはり普遍的な運営体系を構築するべきだというのが、ドラミナの、そしてベルン首脳陣の共通認識である。

「領主としての大先輩の助言、心に刻んで参考にするよ」

そう言ってクリスティーナは、早馬の群れの如《ごと》く押し寄せる仕事を片付けるべく、新たな書類に目を通す。

冒険者ギルドのベルン支店の開設計画の進捗《しんちょく》、各地から次々とやって来る各教団の神官達への対応に、各教団の教会ないしは神殿の建設要請などなど……

ある程度は補佐官であるドランや、会計責任者のシェンナらが処理するとはいえ、最終的な決定はクリスティーナが下さなければならない。

秘書を務めるドラミナも、助言したり仕事の効率化を図ったりはしても、決裁や認可印を押す作業に関しては、クリスティーナの判断に委ねている。

その為に、クリスティーナはドラッドノートを半常態的に実体化させて、仕事の手伝いをお願いし、慣れない〝領主仕事街道〟を爆走中であった。

「カラヴィスタワー入口の交換所と宿泊施設、医院の建設は完了。ええと、各教団の教会の建設要請で、村の中だけでなく塔の方にも希望ね。寄進はするし、土地も用意するが、建設費と資材と人員は用意してもらわねば困るな」

クリスティーナは、執務机の上に積まれている選別済みの書類に目を通し、確認の意味も含めて内容を口に出しながら、吟味《ぎんみ》を重ねていく。

次に彼女が手に取ったのは、カラヴィスタワーでドランが眷属にした〝ドラグサキュバス〟の代表者、リリことリリエルティエルからの報告書だ。

「リリ達からの人員派遣第一弾の表はこれか。娼館《しょうかん》の従業員兼娼館付き神官枠で採用、っと。この他にお針子《はりこ》、料理人、文官、武官、商人としての就労を希望する者も複数？　なるべく男性の居ない職場に――いや、男も女も淫魔《いんま》には同じ話か。淫魔としての本能を抑えてくれると助かるが、そこはドランの眷属と化しているのだから大丈夫……大丈夫だろう、大丈夫だよな？」

クリスティーナが書類を読み終えて、認可するものとしないものを別々の箱に分けながら判断する速度は、老練の領主にも負けない。領主としての経験はなくとも、基礎的な知力と体力が文字通り人間の域を超えているお蔭だ。

窓の外から差し込む陽射しは暖かく、執務室の中で焚《た》かれている香木《こうぼく》からは、精神と神経を落ち着かせる淡《あわ》い香りが立ち昇っている。

眠気覚ましのお茶を口にした直後でも、すぐにうたた寝の誘惑に負けそうな心地よさであるが、脳を全力で稼動《かどう》させているクリスティーナには、夢の国からの使者も近づけない。

「ふうう、タワー関係はこれで一区切りか。それにしても、冒険者ギルドは動きが速い。ベルン村だけでなく、タワーの方の支部開設をもう打診してくるとは。いや、各教団の本拠地や地方の本部からも人が来ているし、商人達の動きから見ても何かあると踏むのは当然だとドランが言っていたしなあ。こうなると、また会談の予定が増えるのか。あれは必要以上に時間を取られる事が多いのがなあ……」

熟練の商人達は少しでも自分達の利益を増やそうと、あの手この手で弁舌を振るう。

敬虔《けいけん》な聖職者達が相手であっても、その融通《ゆうずう》の利《き》かなさに難儀する事があるし、クリスティーナとしては、カラヴィスタワーの処理に関して負い目があるのでやりにくい。

ようやく仕事が一段落したところで、実体化したドラッドノートとドラミナが、必要な書類を受け取る為に連れ立って部屋を出た。

一人になったクリスティーナは、ふと窓の外に目を向ける。

使い魔である不死鳥の幼生ニクスは悠々《ゆうゆう》と空を飛び、通りがかった鴉《からす》の雌《めす》と何か話をしている。

多分、口説《くど》いているのだろう。

自由気ままな姿が、ひどく羨《うらや》ましい。

クリスティーナは執務机の近くに置かれた小さなワゴンから、ガラスのティーポットと白磁《はくじ》のカップを手に取り、甘い香りのするフラワーティーを注ぐ。

執務机の上にティーセットが置かれていないのは、中身を零《こぼ》して机の上の書類を濡らさない配慮だ。

口から鼻へと広がる花の香りに、張り詰めていた神経が解《ほぐ》れて、クリスティーナは細く息を吐き出しながら椅子に背中を預ける。

「ふう、このままではお尻と椅子がくっついてしまいそうだな。ドラミナさんは今が一番忙しい時期で、人材が揃えばもっと自由に使える時間が増えると言ってくれたけれど、どうなる事やら……。その忙しい時期は、私が思うよりも長くなるかもしれないとも言っていたしなあ……」

ベルン領はもう、放っておいても人や物やお金が集まるようになっている。

しかし、今後の〝暗黒の荒野〟へ向けての開拓事業や、モレス山脈の異種族との交流を踏まえると、座して待っていられる状況ではない。

アークレスト王国各地に埋もれている有能な人材や、生まれてくる時代を間違えて奇人変人扱いされている才人達の発掘も、お金に糸目をつけずに行なっている。

常に新しい仕事が舞い込んでくるばかりでなく、自分達でも仕事を増やしている状況である為、クリスティーナは毎日かなりの時間を机から離れられずに過ごしていた。

「ん～、ん～。別にこの仕事が嫌なわけではないし、不満があるのとも少し違うが、去年のようにドランやセリナ達と一緒に、色んなところに行った時の事をどうしても思い出してしまうな。行く先々で命懸《いのちが》けの戦いに巻き込まれてはいたが、今となっては良い思い出だ。それが無理でも、せめて視察という名目でベルン村の中を毎日見て回るくらいは許されていいと思うなあ」

クリスティーナはカップをワゴンに戻すと、瞼《まぶた》を閉じて座っている椅子をぐるぐると回転させはじめた。

あまり褒められた事ではないが、クリスティーナは行儀の悪いこの行動が、気分転換する時の癖になりつつあった。

もちろん、他の人の目がある時には自重《じちょう》しているが。

「はあ～、それに、いい加減ドランとの関係も進めないと、セリナやディアドラだけじゃなく、ドラミナさんからの視線も時々怖いのが混じるようになっているし……」

ゆっくりと回転椅子を回すクリスティーナの瞼の裏には、ドランのお嫁さん候補達の綺麗《きれい》な――しかしそれに比例して怖い目をした――顔が浮かぶ。

クリスティーナもそのお嫁さん候補の一人なのだが、彼女だけは他の三名とは異なる事情を抱えているのが問題だった。

アークレスト王国における身分において、ベルン領で最も高い身分にあるのはクリスティーナである。

男爵位を持つ貴族として、クリスティーナがドランと夫婦になる際に〝二番目以降〟では、体裁が悪い。

そんな事を気にするのか、という声が上がるかもしれないが、外聞《がいぶん》を考慮しなければ、自《みずか》ら軋轢《あつれき》や風評被害が生まれかねない。

クリスティーナはもちろん、ドランもセリナもディアドラもドラミナも、全員がベルンの地に骨を埋《うず》める覚悟を固めているのだから、決して疎《おろそ》かには出来ない問題なのだ。

さて、ドランがクリスティーナの興したベルン家に婿入《むこい》りする形になるのは、当事者達の間では合意が取れている。

しかし、婚約した順番では先のドラミナやセリナは、口では気にしていないと言いつつも、心の奥底には大なり小なり引っかかるものがあった。これは心を持つ生き物である以上仕方のない事であろう。

女性陣全員がそれを自覚し、自制出来る理性の持ち主である事と、お互いの心情を察して思いやれる心の余裕を併せ持っていたのが、ドランにとっては大いに救いであった。

「いざ結婚するとなると、アルマディアの父上や母上にも知らせなければならないだろうし、ドランのご家族に改めて挨拶をしないとだが……うぅむ、緊張する。緊張するな、緊張するぞ。ああ、ドランに結婚を申し込む言葉も考えないと……というか、いい加減決めないと。流石にこればかりはドラミナさんに頼るわけにはいかないしなぁ」

クリスティーナはぐるぐると椅子を回転させるのをやめて、執務机に肘を突いて両手の指を組む。

「ああもう……ドラン、結婚して」

ポロリと弱音と本音の混ざった言葉が零れ落ちた。

下手に言葉を飾るよりも、率直に頼むのが一番ではないか。知恵熱が出そうなくらいに考えこんだクリスティーナは、これ以上ないほど簡潔に、自分の想いを口にしていた。

問題は、この言葉を面と向かってドランに伝える勇気がないという一点にある。このままではクリスティーナがドランに結婚を申し込むのは、一体いつになるのか。

こればかりは彼女を主と仰《あお》ぐドラッドノートも、変なところで勇者セムトと同じ〝ヘタレ〟だな……と、呆れていた。

このように内心でヤキモキしていたドラッドノートは、クリスティーナが椅子を回転させている間に〝彼〟が入室してきたのを、念話で伝えずにあえて主人に黙っておいた。

そして、この判断はドラッドノートの思惑通りの効果を発揮《はっき》する。

「いいよ」

短い肯定の返事は、クリスティーナの気付かぬうちに執務室に入室していたドランの口から出たものだ。

ドランの手には追加の報告書類の束が握られていて、仕事の用件で足を運んだようだが、彼もまさか仕事の最中に結婚を申し込まれるとは思わなかっただろう。

クリスティーナはドランの声に気付き、電光石火の速さで顔を上げる。

そこには微笑むドランの顔があり、親愛の情を無限に込められた目が向けられていた。

クリスティーナは紡《つむ》ぐべき言葉を忘れてしばし呆然《ぼうぜん》としてしまう。

「ふむ、それにしても、この状況で結婚を申し込まれるとは……いささか意外だった。でも、ようやくクリスティーナさんが口にしてくれたのだから、素直に受け入れないとな。とても嬉《うれ》しいよ」

「ち、違――ドラン、いいい、今のは違わないけど、違うというか、あのその……」

珍しくはにかむドランの顔を見ていると、クリスティーナはどうしても今の告白は間違いだったとは告げられなかった。彼女は腰を浮かせてあたふたと怪しげな動きをする事しか出来なくなってしまう。

ドランはその間にクリスティーナへと近づき、机の上に置かれている追加書類用の棚に持ってきた書類を入れた。

「さて、当事者の私が言うのもなんだが、領主の結婚となると、我がベルン男爵領が始まってから、最大の祝い事になるね。なるべく縁起の良い日を見繕《みつくろ》って、式の日取りを決めないと。それに、どこで式を挙げるのかは各教団との関係を踏まえて考えないといけなくなるか。私としては近しい人達を集めて慎《つつ》ましくするのが好みだけれど、お互いの立場を考えるとそうもいかなくなるのが悩みどころだね」

友人である大地母神マイラールや、始原の七竜としての妹であるアレキサンダー達の名前を嬉しそうに呟《つぶや》くドラン。

そんな彼の顔を見ていると、クリスティーナはますます何も言えなくなってしまう。

（いやいやいやいや、これでいいのか、私。さっきの言葉がドランへの告白の言葉でいいのか、クリスティーナ⁉　でも、正直、もう一度きちんとドランに告白し直すというのは、ものすごく勇気がいるし、今更告白を撤回なんて出来ないし……。これでセリナ達から急《せ》かされる視線と圧力を向けられる事もなくなるなら……）

このようにクリスティーナの内心では激しい葛藤《かっとう》が繰り広げられていた。結局のところ、ドラッドノートが〝ヘタレ〟と評した通り、クリスティーナは撤回の言葉を告げる事が出来ぬままに、話が進むのを黙って聞いているだけだった。

「ついつい熱が入って色々と話したけれど、皆を交えて話をするべきだろうね。クリスティーナさん、夕食の時にでも今回の話を改めて話したいと思うが、どうかな？」

「へ⁉　いや、ああ、うん、いいんじゃないかな？」

慌てふためくクリスティーナに、ドランはくすりと小さな笑みを零した。

もっとも、彼とて先程のクリスティーナの呟きが、自分に対して向けて口にされたものではなく、独り言であると分かっている。それでも、この機会を逃すとこの話が具体化するのは当分先になるだろうと確信していた為、若干気の毒に思いながらも、結婚の話を進めたのだった。

これでセリナとの結婚に向けても一歩前進したので、彼女の実家であるラミアの里――ジャルラに挨拶に行く日がいよいよ近づいてきた。

ドランがあれこれと考え事をしていると、執務室の扉を慎ましくノックする音がし、慌てた様子のセリナの声が聞こえてくる。

「失礼いたします！」

声の調子といつもより速いノックに、どうやら何かあったに違いないと、ドランもクリスティーナも思考を切り替える。

戦国乱世を治める統一勢力が興りつつある暗黒の荒野から侵略者の手が伸びたか、あるいはそこから大人数の難民が逃れて来たか。

「クリスティーナさん、ドランさん、今、街道を通ってお屋敷に馬車が来ているのですけれど、それが」

一つ息を呑んで間を空けるセリナに、ドランが冷静な声で問い返す。

「ふむ。それが？」

現在王国が保護しているロマル帝国の皇女の双子のアムリアと、そのお供を務める獣人の八千代《やちよ》と風香《ふうこ》あたりは訪ねてきてもおかしくはない。しかし、彼女達ならセリナはここまで慌てないだろう。となると……

「あの、王子様とアムリアさん達が馬車で来ています」

その言葉で、ドランとの一件からどうにか落ち着きを取り戻したクリスティーナの心臓が、再び大きく跳ねる。

クリスティーナとドラン、どちらもスペリオン王子には縁があるが、事前の連絡もなしにやってくるとは、ただ事ではない。

クリスティーナは再び机の上で指を組み、今回のスペリオン来訪の意味を考える。

「殿下が？　アムリアさんと一緒とはまた珍しい。ガロアまで転移陣を使ってきたとして、そこからは馬車か。直接ベルン村に来なかったのなら、そこまで緊急の事態ではないのかもしれないな。セリナ、それで殿下たちは今どこにおられるのかな？」

「今は賓客室《ひんきゃくしつ》にお通ししてあります。来訪は内密にと仰《おお》せで、馬車もどの家のものか分からないようになさっていました」

「内密の話か。私とドラン、どちらが目的かな」

落ち着いたクリスティーナの表情と声からは、先程までの動揺を抑制する事に成功したのが分かる。

少し突《つつ》けば襤褸《ぼろ》が出そうだが、ドランは悪戯心《いたずらごころ》を心の奥の方に沈めて、真面目《まじめ》な顔を拵《こしら》える。

「すぐに分かるだろうけれど、今のベルンの忙しない状況を把握《はあく》しておられるのなら、クリスティーナさんの負担になるような提案はされないと思いたいな……」

「西のロマル帝国か、東の轟国《ごうこく》との戦への参戦要請か兵力の派遣、物資の提供あたりか？」

クリスティーナもドランも王国の貴族である為、王家から武力を求められればそれに応じなければならない。

それが貴族階級の義務であるから仕方がないのだが、ない袖は振れないという現実もある。

現状、ベルン男爵領が出兵や物資の供出《きょうしゅつ》を命じられても、〝まともな手段〟では大したものは出せない。

しかし……と、クリスティーナは思う。個人としての参戦ならば求められる可能性は充分にある。

競魔祭《きょうまさい》での戦いぶりや、邪竜教団アビスドーンを壊滅《かいめつ》させた一件などもあり、ベルン男爵領首脳陣の常識はずれの戦闘能力が知られている以上、ないとは言えない。

なんにせよ、自国の王太子が来ているのだから、仕事の手を止めて話を聞きに行くしかあるまい。

ドランが先陣を切って席を立つ。

「では、三人仲良く殿下達のお顔を拝《おが》みに行こうか。それと、クリスティーナさん」

「ん、な、何かな？」

クリスティーナは、ドランが自分の名前を呼ぶ時に、少しだけ口角を吊り上げたのを見て、このまま流してしまおうと思っていた話題が切り出されるのを悟る。

「さっきの話はまた後で、落ち着いた頃にね」

「むぐ、うう、分かったよ」

「？？？」

セリナは不思議そうに首と尻尾の先端を傾《かし》げたが、結局その会話の意味を知る事は出来なかった。

間もなく賓客室に到着したドラン達は、近衛騎士《このえきし》のシャルドを傍《そば》に置いてソファに腰掛けるスペリオンと対面した。二人とはすっかり顔馴染《かおなじ》みである。

共に来たというアムリアやワンワンこと八千代と、コンコンこと風香達は、別室でディアドラやドラミナが応対中だ。

クリスティーナが優雅《ゆうが》に一礼して、第一声を発する。

「殿下、ご連絡くだされば もっと盛大に歓迎いたしましたものを。いえ、まずは我がベルン男爵領にお越しくださり、ありがとうございます。今、歓待の用意をしておりますので、しばしお待ちくださいませ」

領主である彼女がベルン側では最上位の人間なのだから、スペリオンに一番に話しかけるのは当然だ。

スペリオンとシャルドは、友好的な笑みを浮かべてクリスティーナとドランを見る。

この程度の演技などいくらでも出来る王太子達だが、ドラン達に向ける表情に嘘がないのは明らかだ。これも、ドラン達の来歴と素性《すじょう》の成せる業《わざ》であろう。

スペリオンはクリスティーナの挨拶に応え、謝意を表する。

「ベルン男爵、忙しいこの時期に突然訪問してしまいすまない。どうしても直接伝えたい話があってね」

スペリオンの対面にクリスティーナが座し、ドランはその右に、セリナは二人の後ろに居場所を定めた。

アムリア達がこの場に居ない以上は、彼女らには聞かせられない王国の重要な話なのだろうと、この時点で推察出来る。

「殿下自ら――しかも秘密裏に我が領を訪れたとあっては、心して聞かなければなりませんね。それでは、殿下、どのようなご用向きで我がベルンへ？」

「ああ。だがその話をする前に、まずここだけの話であると心してもらいたい。それと、礼を失する問いではあるが、この部屋はいらぬ目や耳に対する備えが充分か、答えてほしい」

普段と変わらぬ爽《さわ》やかな雰囲気《ふんいき》を纏《まと》う王太子であるが、心持ち目を細めて問う声には、刃《やいば》の鋭《するど》さが含まれていた。

「ドラン？」

クリスティーナに促され、ドランが答える。

「導師級を何人揃えても透視、盗聴出来ない防諜《ぼうちょう》の魔法を、村と屋敷に何重にも重ねてかけてあります。ロマル帝国自慢の〝例の眼〟でも、見通せないでしょう。また、この部屋の前にも窓の外にも、誰もおりません。もし大声で話したとしても、それを聞く者はこの部屋に居る者だけとお考えください」

実際、ドランはロマル帝国滞在中に、帝国十二翼将《ていこくじゅうによくしょう》の一人『千里時空眼《せんりじくうがん》』アイザによる遠隔透視を受けているが、その全てを遮断《しゃだん》してきた実績がある。

いくら〝視《み》る〟事に関しては最上級の異能といえども、そもそもドランとは立っている場所、見ている次元が違いすぎる。

「その言葉を信じよう。王国最強の魔法使い――『アークウィッチ』メルルがあれだけ買っている君の言葉だ。それに、私自身も君の実力を目にしているからね」

スペリオンはお茶で口の中を湿らせてから、ドランをまっすぐに見つめて話を切り出した。

「詳細な日時と場所はまだ伏せるが、近々、秘密裏に高羅斗国《こらとこく》からの使者と会談を持つ事になっている。我が国が極秘に高羅斗へ行なっている支援の追加依頼か、それとも表立っての支援要請のどちらかだろう。この対応を陛下より任された」

単純に国家としての格や国力を見れば、轟国の従属国と見做《みな》されている高羅斗よりも、アークレスト王国の方が上である。

そのアークレスト王国の王太子がわざわざ出向くとなると、高羅斗からの使者は相当な大物なのだろう。

「頼みたいのは会談当日の私の護衛だ。戦力として、ドランを貸してほしい」

クリスティーナはちらりとドランを見る。

「ドランをですか。彼に離れられるのは辛《つら》いところではありますが、殿下の頼みとあっては、断るわけにはまいりません。しかし、我が領の補佐官たる彼を殿下の護衛として連れていく名分が立てられるのですか？」

「陛下にも既に私の希望は伝えてあるし、その為の処置も許可を得ているよ。ドランには、正式に私の麾下《きか》の騎士団の一員としての席を用意する」

「以前、殿下がロマル帝国に赴《おもむ》かれた際に、ドランを一時的に近衛騎士団に加えたと耳にしましたが、それをさらに一歩進めた形式になるわけですね」

「ああ、そうなるね。騎士団に所属してもらうといっても、今回みたいな特異な事態に迅速《じんそく》に動いてもらえるようにする為の措置だ。ベルン村から離れるのを強要するものではないから、そこは安心してもらいたい。今後も助力を頼む事もあるかもしれないが、機会はそうありはしまいよ」

近衛騎士団や宮廷の魔法使い達にも護衛を務めるのに適任な人材が居るはずだが、あえてドランを指名したという事は、王太子は高羅斗国との会談を警戒しているのだろう。

高羅斗側が何かを仕掛けてくるのか、それともアークレストと高羅斗の会談を察した第三者――この場合は轟国が最も可能性が高いが――による襲撃か。

しばらく黙って聞いていたドランが、ようやく口を開く。

「……まったく、殿下は私の断れない話を持ってくるのがお上手でいらっしゃる。わざわざ私をお使いになる以上、相手は高羅斗の王太子――確か、響海君《きょうかいくん》様でしたか、その方あたりがお出でになられるのでしょう。天恵姫《てんけいき》と呼ばれる複製人間の運用を主導しておられる方でしたね。その方の命を狙えるような相手が派遣される恐れがあると、覚悟しておけばよろしいですかな？」

核心を突いた質問に、スペリオンはお手上げだといわんばかりに両手を上げて苦笑した。肯定の言葉こそ口にしなかったが、沈黙がその代わりと言ってよかった。

「なるほど、その覚悟を固めておくとしましょう」

ドランはそう言って、小さく肩を竦《すく》めた。

いずれにせよ、高羅斗の運用している天恵姫という名前の人造人間と思《おぼ》しき兵器については、確かめる必要があると思っていたのだ。

それを向こうから持ってきてくれるのならば、〝色々な手間〟が省《はぶ》ける。ドランはそう前向きに考えていた。

†

古神竜ドラゴンの転生者である私――ドランは、殿下の話を聞いた後、皆と共に、別室でディアドラ達と話をしているアムリアの所へと移動した。

殿下はこのアムリアが不自由なく暮らせるように最大限配慮してくださっているそうだが、変わらず元気にやっているだろうかと、友人の一人として気掛かりだ。

崩御《ほうぎょ》したロマル帝国皇帝の娘――秘された双子の片割れというアムリアの出自は、利用しようと考えれば大きな価値を持つ。

ロマル帝国に領土的野心を持つ我が国の王室ならば、彼女の利用価値がなくなるまでは、国賓待《こくひんたい》遇《ぐう》で生活の面倒を見るだろう。

陛下と殿下のお二方と直接言葉を交わした時の印象から、仮に王国がアムリアを利用しないと判断を下したとしても、彼女を殺害するような事はしないと、私は思っている。

ロマル帝国の密偵なりなんなりの手が届かないような僻地《へきち》に隠遁《いんとん》させるか、幽閉《ゆうへい》してそこで生涯を過ごさせるのが妥当《だとう》なところか。

もしそうなったら、野生の白竜がアムリアを誘拐する事件が発生するだけだ。

ただなんとなく、どうなるにせよ、殿下がアムリアを自分の近くに置いておこうとするのではないかと思う。私の願望混じりの推測だけれども。

殿下の背中を見ながら、そう思うのだった。

「アムリア、八千代、風香、お待たせしたね」

応接室に入るなり、殿下は先程までの緊張感を一切排除した穏やかな声で、アムリアに話しかけた。

「スペリオン様、いいえ、ディアドラさんやドラミナさんとお話しするのは、とても楽しいですから。ドランさん達とのお話は、もうお済みになられたのですか？」

春物の浅黄色《あさぎいろ》のドレスに身を包んだアムリアは、殿下以上に優しい声で応える。

誰かが傷付けば我が事のように悲しむ慈愛《じあい》に満ちた少女だと、この声を耳にしただけで万人が信じるだろう。

殿下に声を掛けられるまで、彼女達は随分《ずいぶん》と熱の入った様子で話していたようだ。何しろ、扉の外までアムリア達の楽しげな声が聞こえてきたのだから。

感情表現の豊かな八千代や風香がそうするのに違和感はなかったが、アムリアまで頬《ほお》を紅潮《こうちょう》させて笑っているのを見ると、よほど楽しかったに違いない。

彼女達は、日々変わり続けているベルン村やガロアから続く街道と、そこを行く人々の様子に興味を引かれたようだ。

統治を担《にな》う人間の一人としては、アムリア達の笑顔を見ていると、実に誇《ほこ》らしい気持ちになる。

まあ、殿下の顔を見てますます顔を輝かせているあたり……おや？　と思うところもある。ふむん、なるほど……

殿下は躊躇《ちゅうちょ》せずアムリアの隣に腰掛け、彼女もごく自然にそれを受け入れる。

お菓子を口一杯に頬張っている八千代と風香も、殿下とアムリアの態度にこれといった反応を見せていない。

ふむふむ、どうやら普段から二人はこうらしいな。

シャルドは殿下の背後について、護衛の任を全《まっと》うする。

アムリア達の相手をしていたディアドラ達は、殿下に挨拶した後、クリスティーナさんと私の為に座る場所を空けてくれた。

「ディアドラ、ドラミナ殿、アムリアと八千代と風香の相手をしてくれてありがとう。三人とも好奇心が強くて、城でもあちこちに行きたがったり話を聞きたがったりするのだが、相手は大変ではなかったかな」

殿下の問いかけに、ドラミナが優雅な微笑を浮かべて小さく首を横に振る。

「そのような事はありません。ガロアからベルンまでの道中で、気になった事について尋ねていただくのは、とても有意義なのです。私達の立場からでは気付かない、見えにくいものが見えてきますから。それにアムリアさん達が、お城で大切にされているのがよく分かりました。特に八千代さんや風香さんは、毛並みの艶《つや》が大変良くなられていますね」

毛並みを褒められた八千代と風香がはにかみながら顔を見合わせる。

「いやあ、殿下のお心遣いにすっかり甘えてしまって、お恥ずかしい」

「ハチの言う通りで。このままではいかんと、二人揃って一念発起《いちねんほっき》して、騎士団の訓練などに参加させていただいたからまだ良いものの、そうでなかったら、タプタプとお肉が付いていたでござろう」

なるほど、ドラミナの言う通り、八千代と風香の髪の毛はもちろん、耳や尻尾を覆う犬と狐の毛は、窓から差し込む陽光を浴びて艶々と輝きの粒を纏っている。また、二人の衣服は出身地である秋津風《あきつふう》だが、以前と違って絹の光沢を持つ、見事な柄《がら》のものに変わっていた。

仮にも殿下の賓客として王城に逗留《とうりゅう》しているのだから、八千代達の人生においてはかつてないほど衣食住が充実しているのかもしれない。

改めて二人の容姿を見ると、ほんの少しふくよかになったかな、と思わないでもなかった。気のせいで済む程度の差異だが。

もっとも、二人の年齢と食生活の変化を考えれば、より健康的になったと言うべきだろう。

「自制出来たようで何よりだね。アムリアの護衛役でもある二人が、体が重くて刃を振るえなくなっては、洒落《しゃれ》にもならない」

「ドラン殿は手厳しい……と、言いたいところでござるが、まったくもってその通り。アムリア殿の護衛としての務めをきちんと果たせるように、努力は怠《おこた》らないでござるよ！」

犬人の八千代はフンフンと小さく鼻を鳴らし、耳と尻尾もピクピクと小さく動かす。

……駄目だな、飼い犬が飼い主にほめてもらおうと胸を張っているようにしか見えない。

犬人《いぬびと》の種としての性質も多少はあるのかもしれないが、それ以上に彼女の性格が、飼い犬っぽく見せるのだろう。

「君達がアムリアの事を変わらず大切に思っているようで、安心したよ。何しろ私達は仕事が忙しくなっている上に、立場上王城に赴くのは難しい。私達の方からはなかなかアムリア達に会いに行けなくてね」

「ついこの間まで学徒であったのに、クリスティーナ殿は男爵に、ドラン殿はその補佐官となり、セリナ殿やドラミナ殿達もその手伝いをしているでござるものな」

八千代の言葉に頷いて、アムリアが続ける。

「皆さんとお会いするのが難しくなったのは、ハチさんも風香さんも、もちろん私も残念ですけれど、そういった事情があるのでしたら我侭《わがまま》は言えませんね」

どことなく気落ちしている様子のアムリアを見ると、なんとも言えない罪悪感が胸の内に湧いてくる。

外界から隔離された山中の城に幽閉されて育ったこの少女の精神年齢は、見た目以上に幼い。アムリアとは違う意味で精神年齢の低い八千代と風香とは、とても相性が良いのだろう、きっと。

「アムリアは王城の方で友達は出来ていないのか？　そうするのが難しい環境だろうが……」

「フラウ王女殿下は良くしてくださいますよ。それに殿下の母上も。あとは何人か侍女の方達ともお話をする機会も増えました。ふふ、今ではあの山の中での暮らしが嘘だったかのように思うほどです」

「ふむ、アムリアがそう感じているのなら、これ以上野暮《やぼ》な事は聞くまい。それで、殿下、この後のご予定はどうなっているのですか？　お泊りになられてもいいように、屋敷の部屋を用意しておりますが」

私の質問に、殿下は申し訳なさそうに首を横に振る。

「心遣い、痛み入る。だが、君に話した件の事で予定が詰まっていてね。大急ぎで城に戻らねばならない。アムリア達もゆっくりしたかっただろうに、すまない」

「いえ、ベルン村に行かれるというお話を聞いて、私が無理を言って殿下とご一緒させていただいたのです。感謝しかしておりませんわ」

「アムリア殿の言われる通りですぞ、殿下。我ら三人、日ごろの衣食住で世話になっているばかりか、このように離れた地に住まう友人を訪ねる事をお許しいただいて、心の中の天気は感謝感激の雨模様でござる」

八千代の言葉の選択に首を傾げながら、風香もアムリアに同意を示す。

「ハチの言っている事は、ちと迷走気味でござるが、殿下に感謝しているのは本当でござるから、あんまり気にしないでほしいでござる。それに、ドラン殿のところへもう二度と来られなくなるというわけでもなし。そう気にしないでいただくのが一番でござる」

三人の言葉を聞いた殿下は、演技などではなく心から安堵《あんど》した様子で、一度だけ息を吐いた。

ふんむ、どうも殿下はこの三人に嫌われたくないようだ。

下心や二心《にしん》の類《たぐい》が欠片《かけら》もない三人であるから、日々化かし合いの政治の世界に身を置く殿下にとっては、清涼剤かあるいは癒やしとも言える存在となっているらしい。

やはり三人の身柄を預けるのに足る方であったな。

†

殿下とアムリア達が屋敷を出られた後、私達は一旦解散し、それぞれ残っている仕事の処理に向かった。

そんな中、私はクリスティーナさんに声を掛けた。

当然、殿下達が来られる前に二人の間で交わしていた話の続きをする為だ。

私に話しかけられたクリスティーナさんは大仰《おおぎょう》なくらいに肩を揺らす。

やはり聞かれていると知らずに口にした一言で結婚が決まるのは思うところがあったか。

再び執務室で二人きりになって向かい合ったのだが、俯《うつむ》いたままのクリスティーナさんはそわそわして落ち着きがない。

隠せるはずもないのに私の視線から自分の体を隠そうとしているとは、なんとも可愛らしい。

「クリスティーナさん、とても居心地が悪そうだが、有耶無耶《うやむや》のままで終わらせられる話ではないからね」

「うう、うん、そうだな」

「聞かれたくないだろうけれど、改めて聞く。私としては全く問題ないけれど、さっきのあの言葉……アレは正直に言って、クリスティーナさんからすれば独り言だったろう。聞かせるつもりのなかった独り言を私が受け入れてこうなっているが、それでいいのかどうか、本音を聞かせてほしい」

私には、クリスティーナさんが何気《なにげ》なく零したあの一言で充分すぎる。

だが、それはあくまで私の側の話。彼女にとっては不本意なもので、彼女が改めて私に結婚を申し込みなおす事を望んでいるのかどうか、私はそれを確かめずにはいられなかった。

クリスティーナさんは二度、三度と深く息を吸っては吐いてを繰り返し、まっすぐに私の瞳を見つめる。

私は口を閉ざして、彼女の中の覚悟と決意が固まるのを待つ。

「あの時の言葉は嘘ではなかったが、君に伝える為に口にしたものではなかった。だから、改めて伝えたい」

そこで一度言葉を切り、クリスティーナさんははっきりとこう言った。

「ドラン、君を愛している。結婚してほしい。……言葉自体はあんまり変わらないが、想いはたくさん込めたつもりだよ」

言い終えたクリスティーナさんは、はにかんだ笑みを浮かべる。

胸の中につかえていた感情を言葉にして伝えられたのだと、その表情が何より雄弁《ゆうべん》に語っていた。

「私の答えも変わらない。クリスティーナさん、喜んで貴女《あなた》の申し出を受け入れよう。私ももう少しロマンチックな言い方を考えておけばよかったかな？」

私の答えが変わらない事は分かっていただろうけれど、それでもクリスティーナさんは申し込みを受け入れられた事に安堵したようだ。魂が抜けそうな程に深い吐息を零す。

答えておいてなんだが、今になって私もなんだか落ち着かない気分になってきた。

それはそうだ、何しろ、私はクリスティーナさんと夫婦になる約束を交わしたのだからな。

ふーむ、本当に今更ながら、ふとした拍子《ひょうし》に今後の人生を左右する約束を交わしたものだ！

「ドランには実直な言葉の方が似合っているよ。それと、ドラン」

「何かな？」

「せっかく……その、結婚の約束を交わしたのだしね。そろそろクリスティーナさんという他人行儀な呼び方を変えてほしいと私は思うんだ。母は私の事を〝クリス〟と愛称で呼んでいてね。愛する夫にもそう呼んでほしい」

ふむん、呼び方、呼び方か。これまでずっとクリスティーナさんと呼んでいたが、夫婦の間柄になるのなら呼び方を変えても不自然ではない。何より、クリスティーナさんが望んでいるのなら、断る理由などない。ないが……

「分かった。では、これからはクリスティーナさんではなくクリスと……そう呼ぼう。それにしても、なんというか、意外なくらいに気恥ずかしいな、クリス」

いやはや、自分でも分かるくらいに頬と耳が熱を帯びているな。

いい年をした男が、なんとも初心《うぶ》な反応をしてしまうものだと恥じ入るばかりだが、私に名前を呼ばれたクリスティーナさん――ああいや、クリスも大概であった。

「あ、ああ、ああ、ちょちょ、ちょっと恥ずかしいな。ちょっと、ちょっとだけ」

ちょっとどころではない顔色のクリスは、照れ臭さを隠すように自分の白銀の髪をしきりに弄《いじ》っていた。

贔屓目《ひいきめ》は大いにあるけれど、なんと可愛らしい仕草か！

こうして改めて結婚の申し込みを受け直した私は、殿下からの依頼の件も併せて、その日の夕食の後に身内を集めて伝える事にした。

†

そして夕食の時間。

これまで食事は村のご婦人方に作ってもらっていたが、今は素性の確かな料理人達数名に厨房を任せている。

ベルン村の作物とエンテの森から輸入した茸《きのこ》や香草、果実を用いた料理でお腹を満たした私達は、連れ立って別室に移動した。

セリナ、ディアドラ、ドラミナ、リネットの四名を前に、私とクリスは肩を並べて向かい合う。

私とクリスが発している緊張の気配を感じ取り、椅子やソファに腰掛けた他の四人は、これからただならぬ発表があるのだと察した様子だ。

「皆に話がある。まず、今日スペリオン殿下が訪ねてきた用件についてだが、近日中に国内で高羅斗からの使者と殿下が秘密裏に会談を行なうそうだ。その護衛として私を借り受けたいと申し込みに来られた。私はこれを受け入れ、殿下から正式に日時が伝えられたら、ベルン村を出立《しゅったつ》する」

セリナ達は真剣な表情で私の話に耳を傾ける。

「また、それに併せて、殿下の騎士団に私の席を設けると言われている。これは殿下が私を動かしやすいようにする措置だそうだ。とはいえ、簡単に私に命令が下される事はないと思う。あくまで私はこのベルン男爵領の補佐官だが、王太子殿下直属の騎士団員としての肩書きがある事は、私達にとっても色々と都合が良いものとなるだろう。今回は、それが大きな報酬と言えなくもないかな」

殿下の護衛を引き受ける件については、既に私とクリスとの間で決定した事項であるから、皆への確認というよりは、これからの予定についての連絡といったところだ。

特に質問は出ないだろうと思ったのだが、セリナがすっと右手を伸ばした。

「何かな、セリナ」

「殿下の護衛をなさるのは分かりましたけれど、ドランさんお一人で行かれるのですか？　秘密裏の会談という事ですから、あまり人数が多くない方が良いのは分かりますけれど、可能であるのなら私も連れて行ってほしいです！」

「ふむん。シャルド卿《きょう》と近衛騎士団、魔法師団から何人か護衛に連れて行くと仰《おっしゃ》っていたし、あまり数は連れて行けないいな。私の他にせいぜい一人か二人……」

「クリスティーナさんはこのベルンの領主様ですから、動くわけにはいきませんし、私かディアドラさん、ドラミナさん、リネットちゃんの中から誰かを選ぶ形ですね」

連れて行かないという選択肢もあるが、セリナの台詞《せりふ》を受けた他の三人もすっかり私についてくる気になっているな。

さてさて、会談する相手の事と、決して記録に残らない会談という性質を考えると、誰が適任か。ちらりと傍《かたわ》らの未来の妻殿に視線を向けると、婚姻《こんいん》発表が少し先送りになったお蔭か、今だけは緊張を忘れて考え込んでいた。これまでは名門貴族の令嬢か学生としての立場から物を言えばよかったのが、今では一家門の当主として発言しなければならなくなった為、発言には慎重になっている。

「そうだな。ディアドラさん、セリナ、ドラミナさんは男爵家で正式に役職に就《つ》いているし、仕事もある。誤魔化《ごまか》しようはあるとはいえ、出来るだけ彼女らが動いたという記録は残さない方がいいだろう。となると、元からドランのゴーレムとして登録されているリネットが適任か。彼女なら、ドランと一緒に行動しても不自然な点はない。戦力に関しては、この面子《メンツ》で不安を口にしても無駄だろう」

ふむ、私もこの考えに異論はない。

「リネットは、いつでもマスタードランに従って出かける準備を整えております。リネットがお守りするなどと口にするのはおこがましいですが、マスタードランの手となり足となり、耳となり目となり、お役に立って見せましょう」

「リネット本人がこの意気込みであるし、殿下の護衛にはリネットを伴《ともな》って行くとしよう。帝国に赴いた時のように、リネットには私の従士の真似事をしてもらうのが良さそうだな。いつになるのかはまだ不明だが、これで殿下からの依頼についての話は一段落だ。……さて、殿下の件以外にも、皆に伝えなければならない事が一つ出来た。よく耳を澄まして聞いてほしい」

セリナ達は改めて背筋《せすじ》を伸ばして、話を聞く姿勢を整える。

私はクリスに〝私から話そうか？〟と視線で問いかけたが、彼女は〝いや、私から話すよ〟と赤い瞳で答えた。

こうして目を合わせるだけで意思疎通出来る仲というのは、恋人関係の男女でもなかなか居ないのではないか？

思わずそんな事を考えてしまうが、これは惚気《のろけ》になるだろうか。

「セリナ、ディアドラさん、ドラミナさんには特に聞いてほしい。皆を随分と待たせてしまったが、私もようやく腹が据わった。今日、ドランに正式に婚姻を申し込んだ。その、長らくお待たせして申し訳ない」

クリスが全てを言い終えた後、待っていたのはしばしの沈黙であった。隣に立っている私にまで彼女の心臓の爆発しそうな鼓動《こどう》が聞こえるようだ。

張り詰めた静寂《せいじゃく》の時間は、セリナがはあ〜っと長い溜息を吐きながら、全身から力を抜いたのをきっかけに破られた。

セリナは大蛇の下半身をズルズルと床に伸ばしながら、椅子の背もたれに体重を預ける。

「はああ、何のお話かと思ったら、そうですか～。うう、やっとと言うべきなのでしょうけれど、でも、抜け駆けされたような気にもなって、ちょっと複雑な部分もあって……」

脱力するセリナを見て、ディアドラが微笑む。

「セリナは大袈裟《おおげさ》ねえ。でもこれで表立ってドランと夫婦になる準備を進められるわけね。領主が地元出身の家臣と結婚って事なら、盛大にお祝いするのかしら。エンテの森の皆も顔を出したいでしょうし、ガロア魔法学院の皆も黙ってないだろうから、賑やかになるわね」

ファティマやネルネシア、それにレニーアとフェニアさんといった、学友達が集まる機会になるのは、明るい話題だ。

そんな中、ドラミナはセリナ達の話に頷きながらも、真面目な表情でドランに問いかけた。

「その光景が瞼の裏に浮かぶようですね。多くの方から祝っていただけるのは、それだけお二人に人望があるという事ですよ。では、私は少々空気を読まない発言をいたしましょう。クリスティーナさんとドランの結婚となれば、ベルン男爵領にとって非常に大きな慶事《けいじ》です。場合によっては政治的な一手としても用いる事が出来るでしょう。罪人への恩赦《おんしゃ》とか、減税とかですね。その点はどうお考えで？」

領主の結婚という政治的要素を含む行事の利点か。正直に言えば、私はそこまで深く考えていなかった。

我ながら節操がないとは思うが、クリスと結婚する事で、順次セリナやディアドラ、ドラミナとも結婚出来るという点にばかり目が行っていた。

ただ、クリスは私よりももっと考えていなかったらしく、ハッとした顔になっている。

彼女からすれば私への告白に対する緊張感で頭がいっぱいだっただろうから、無理もない。

「あ、いや、そうか、そういう風に私とドランの結婚を使う事も出来るのか。ドラミナさんを失望させるようで怖いのだけれど、正直、そこまでは考えていなかったよ。そうだな、幸い今は恩赦を与えるような罪人はいないし、これからのベルン男爵領の明るい未来に向けての士気向上の機会にするくらいかな？　結婚祝いとして村の皆さんに、何かしら贈り物するとか、太っ腹にいくなら男爵領を訪れた者にも何か特典をあげるとか？」

「ふふ、そう緊張した顔をなさらないでください。お二人に厳しい事を言うつもりはありませんから。単にお祝い事として村の皆さんを盛り上げるだけでも、今は充分だと思いますよ。それに、私とセリナさんとディアドラさんの分の式も残っています。こちらは領主の結婚ではありませんが、領主の夫の婚姻ですし、異種族間、人間と魔物間での結婚が公《おおやけ》に認められたものであると公表する効果もあります。気楽に考えていきましょう」

「そうか、ドラミナさんにそう言ってもらえると安心出来るな」

クリスの言葉を聞いたドラミナは、悪戯っぽく頬を膨らませる。

「まあ、少しクリスティーナさんに苦手意識を持たれてしまっているようですね」

「いや、私にとっては厳しくも頼りになる教師だからかな？」

「愛をもって指導しているつもりですよ」

「教え子として、その愛は充分に感じていますとも」

「それでしたらようございました。では、次の現実的な話ですが、セリナさん」

ドラミナに話を振られたセリナが姿勢を正す。

「は、はい！」

「クリスティーナさんとの結婚が済めば、次は私達ですから、そろそろセリナさんのご実家の方にも話を通しに行かれた方が良いのではないですか？　ご両親がセリナさんの扱いに関して、お許しになられるかとても気掛りです。それを別にしても、ラミアの里はエンテの森を除けば近場では特に大きな異種族の社会ですからね。交流に力を入れる相手であるのは、以前から話し合っていた通りです」

「そうでした、そうでした！　これでドランさんと堂々と夫婦になれると、ついつい舞い上がっていましたけれど、パパとママやお友達の皆にドランさんとベルン村の事をお話ししないといけないのでした！　ドランさん、いつ行きましょう？　というか、クリスティーナさんといつ結婚式を挙げるんですか⁉　正直、私にとって非常に切実な問題なのですけれども！」

蛇体を伸ばしてこちらに迫るセリナの目には、かつてない力強さが宿っていた。

これまで散々お預けを食らっていた分、ようやく宿願を果たせると、セリナは凄《すさ》まじく発奮《はっぷん》しているわけか。待たせてしまって誠に申し訳ない。

「式の日取りまではまだ決まっていないな。吉日や過去の貴族の婚姻の例などを確認する必要もあるだろうし、どの神の御前で結婚式を挙げるかも大きな問題になりそうだ。ただ、あまり先延ばしにするつもりはない。セリナのご実家へもなるべく早く伺《うかが》いたいと思っている。殿下のご依頼を済ませてからにはなるだろうが、春が終わる前に行こう」

「はい！」

私の言葉に、セリナは歓喜を爆発させた様子で、満面の笑みを浮かべるのだった。

第二章――― 運命の女

近隣に住む猟師《りょうし》くらいしか足を踏み入れる者の居ない深い山奥。天幕を張って野営の準備が整えられたそこには、組み立て式の机の上に広げた地図と睨《にら》めっこをしている男性の姿があった。

首筋を隠す程度で金髪を切り揃え、穏やかさと知性とが同居した顔立ちの青年が、考え事を口から零しながら、地図に何かを書いては消し、消しては書いてを繰り返している。

ガロア魔法学院の非常勤講師にして、古代に栄えた天人《てんじん》文明の遺跡を中心に調査する考古学者のエドワルドだ。

かつて天空都市スラニアの調査でドラン達を雇い、また地下に広がる天人の施設でリネットを見つける縁を作った人物である。

一所に留まる事をせず、年中国内外の天人の遺跡を調査して回っているエドワルドは、今日も今日とて彼の人生そのものである調査活動に勤しんでいる最中だった。

彼の助手兼人生のパートナーであるエリザの姿はなく、四方を囲む鬱蒼《うっそう》とした木々の中にもその影すら見つからない。

その代わりに、エリザとは異なる、まだまだ少女の域を出ない幼い声が響いた。

「教授、おはよう、ございます」

「うん、おはよう、シーラ。今日も良い天気だね！」

純朴《じゅんぼく》というよりは感情の抑揚《よくよう》に乏《とぼ》しい声の主は、シーラ、シーラ・インケルタ。

かつてエドワルドやエリザを含むドラン達一行と敵対し、その命を奪おうとした天人の遺産そのものである少女だ。

人造の超人として生み出されたインケルタを含む四名は、撃退された後にエドワルドとエリザによって引き取られた。今ではこうして調査活動の助手として扱われ、インケルタ以外にもシーラという新しい名前を与えられていた。

リネットの試作品として造り出されたシーラは、白い長髪を三《み》つ編《あ》みにして垂らし、山歩きに適した肌の露出を抑えた服装だ。腰には天人の施設から持ち出した単分子刀《たんぶんしとう》の他に、山刀や革袋の水筒などを提《さ》げている。

かつては人格を持たなかったシーラだが、エドワルド達との共同生活が変化をもたらしたようで、挨拶を返したエドワルドに対して、うっすらとではあるが口元を吊り上げた。完全な笑みになるまであと二歩ほどの形である。

「ジードやカズール、メラスの調子はどうだったかな？　皆、寝不足になってはいなかったかい？」

「三人、全員大丈夫です。今は、エリザが朝ごはんを持っていきました」

シーラ同様に、かつてはアエラ、コンコルディア、ノドゥスと便宜上の呼称をつけられていた彼らも、新しい名前を得ていた。ジード・アエラ、カズール・コンコルディア、メラス・ノドゥス――エドワルドは彼らをそう呼んでいる。

「うん、そうか。今のところはこちらが見つかった様子はないけれど、ここの天人の遺跡は随分と国から注目されているようだね」

「私達、天人の遺産なのに、何も分からなくて、ごめんなさい」

「いやいや、いいのだよ。ここの施設は君達の居た施設とは年代が違うし、君達が分からなくても仕方がない。それに、こういう未知を調査し、研究し、探求し、解明し、既知へと変える事が私の生き甲斐《いがい》なのだからね。あっはっはっは。それにしても、君がごめんなさいか。私に対して申し訳ないと感じてくれたのだね。今日まで君達と一緒に生活してきた成果を実感したよ。うん」

「？　よく、分かりませんが、教授が喜んでくださるのなら、シーラはそれでいいです。あと、遺跡、相変わらず兵士達が固めています。彼らにとって、とても大切なものである事は、間違いないです」

「うん。東に行くほど〝生きている〟天人の遺跡や遺産が多いから、十中八九ここも稼働状態にあるのだろうね。轟国ならともかく、高羅斗がここまで力を入れるとなると、噂の人造兵士達関係の施設か、その次の新たな兵器関係か……。まあ、実際に足を踏み入れてみないとはっきりとした事は分からないけれど、やはり天人の遺産は戦争に利用されるんだねえ。悲しいものだ」

今、エドワルドの調査隊一行は、アークレスト王国を離れて東の隣国高羅斗に入り、かねてから目星をつけていた、奥深い山の地下に眠っている施設の調査中だ。

しかし、彼らが長期調査の準備を終えて現場にたどり着いた時には、既に先客がいた。

施設のある山腹に穿《うが》たれた入り口の周囲は、武装した高羅斗の兵士や術士達によって封鎖されており、施設に入るどころか近づく事も出来ない有様である。

「シーラは、教授の悲しいというお気持ちは分かりませんが、あの施設が重要視されているのは間違いがないと考えます。地下に強いエネルギー反応を検知しています。ですが、教授、これからどうなさるのですか？　国が極秘裏に管理している施設でしたら、民間人である教授が足を踏み入れる事は許されないのではと、シーラは考えます」

「いやはや、まったくもってその通りだよ。ひょっとしたら高羅斗の戦争の切り札に関係するかもしれない施設だし、しばらくはここで気付かれないように観察しよう！　なに、時には潮目《しおめ》が変わるのをじっと待つ事も必要さ。何がきっかけになって事情が変わるかなんて、分からないものだからね」

まるでへこたれるという事を知らないエドワルドの笑顔に救われたのか、シーラもようやく笑い方を覚えたような、淡い笑みを浮かべるのだった。

そして、エドワルドの言う〝きっかけ〟は、彼らの知らぬところで近づきつつあった。

殿下がシャルドやアムリア達と共に王都へ帰還された三日後、高羅斗国の使者との極秘会談の日時と場所について記された密書が届いた。

開封された事を送り主に伝える魔法と封印の魔法が厳重に施された密書には、アークレスト王国東方の小都市ミケルカ郊外にある屋敷で、会談が行なわれるとあった。

護衛には私――ドランとシャルドの他に、近衛騎士団と宮廷魔術師の中から選《よ》りすぐりの精鋭がつく。

我が国の表向きの最高戦力は『アークウィッチ』メルルだが、彼女はあまりにも有名すぎて、常にその所在を周辺諸国に確認されている事もあり、そう易々《やすやす》とは動かせない。

それに、どうも後継者問題で内紛中のロマル帝国の方の戦況が大きく動く前兆がいくつか確認されている。その為、王国の西方は現在厳重な警戒態勢に入っており、メルルの投入も視野に入っていると見て間違いなかろう。

さて、殿下の護衛にはリネットを連れて行くわけだが、日程的にはまだ先で、すぐに出立の準備をする必要はないので、私達は殿下の護衛とは別の仕事に取り掛かっていた。

クリスとの結婚式の日取りや関係各所への周知など、私達の人生にとって極めて重大な案件なので、先送りには出来ない。

†

また、セリナのご両親に挨拶をするという私的な用件と、モレス山脈にあるラミアの隠れ里との交流を持つという公的な用件も同時に発生している。

今はそのセリナの故郷ジャルラに赴く人員の選抜や、交流が成功しても失敗しても、どちらの場合でも対処出来るように会議を開いていた。

屋敷の中にある会議室には私、クリス、セリナ、ドラミナ、ディアドラ、リネットというお馴染みの面子が集まっている。それに加えて、男爵領の会計官であるシェンナさんと、騎士団長バランさんといった男爵領首脳陣の姿もあった。

会議を進行するのはクリスである。

「さて、ジャルラへ向かうのは当事者のセリナとドランは当然として、うちからの公的な使者として、もう少し人員を回さないといけない。セリナ、ベルン村からだとどれくらいの距離になるのだい？　道中、危険な魔物や猛獣《もうじゅう》の類はどの程度出没するのかな？」

この数日、クリスは私との婚姻の件でセリナ達に散々弄り回された。さらに、私の両親や兄弟にも婚約の報告に行ったので、精神的にかなり疲れているはずだが、今は立派に男爵としての態度を保っている。

男爵位を賜《たまわ》ってから既に一ヵ月が過ぎ、意識せずとも身分相応に振る舞えるようになってきたのだろうか。

「私が一人でベルン村の近くまで来た時には、十日も掛かりませんでしたけれど、今度はたくさんの人で向かうので、片道二週間くらいを考えた方がいいかもしれません。でもそれはあくまで徒歩の場合です。ドランさんの作ったホースゴーレムなら、山脈の険《けわ》しい道でも平気で上っていけるでしょうし、ホースゴーレムを走らせ続けるなら、片道二日くらいで済むと思います」

ホースゴーレムには体力の概念がなく、休憩が不要であり、生きた馬の倍以上の速さで走れる。

しかし、たとえホースゴーレムに休憩が必要なくても、それに乗る人間には不可欠である。

それに、道中で遭遇する魔物などとの戦闘による時間の浪費も考えなければならない。

片道二日は、それらを踏まえた上で導き出されたものだろう。

「それとジャルラまでの道で出てくる生き物は、モレス山脈の麓《ふもと》に広がる森に着くまでの間なら、ベルン村とそう変わりません。森に入ると大型の昆虫や狼に蛇、人食いの植物なんかが目立ちはじめます。でも、エンテさんに話を通しておいてもらえれば、特に問題はないはずです。あとは蜘蛛《くも》人《びと》とか蛇人《へびびと》とか、この辺ではなかなか見ない亜人の小さな集落もありますから、ジャルラだけでなく、そちらに立ち寄ってみるのも良いかと思います」

エンテの森に根を張る世界樹――エンテ・ユグドラシルの口添えがあれば、森の生物達が危害を加えてくる事はなかろう。

「そうか。今回の主眼は人口が千人を超すというジャルラとの窓口の開設だが、その他の亜人集落との交流も行なえるものならば行っておきたいところだな。バラン、女性しか生まれないラミアの生態を考えて、使節団にはなるべく若い男性の兵士を入れておいてくれ。問題を起こす事のないように、人格について厳しく見定めてもらいたい」

男爵に成り立ての頃、クリスはバランさんを呼び捨てするのにも躊躇していたが、今ではすらすらと唇から言葉が出てくるようになっている。

それを受けるバランさんも、自分に与えられた権利と名誉を自覚し、相応《ふさわ》しい振る舞いを心がける事で、どっしりと腰を据えた態度だ。騎士という身分へのむず痒《がゆ》さは克服したのだろう。

「はっ、モレス山脈までの往復となれば、ちょうど良い訓練にもなります。補佐官のホースゴーレムは行儀が良すぎて、あまり訓練向きでないのが問題といえば問題ですが」

「よろしく頼む。手当ては多めにつけると兵士達には伝えてくれ。シェンナ、セリナとエンテと話を詰めて、使節団に持たせる贈り物の検討と目録の作成、必要な食料品や費用の見積もりを頼む」

シェンナが小さく一礼してクリスに応える。

「はい、閣下。ただちに見積もりを作成してお持ちいたします」

「ああ、頼むよ。予算の限度額は金庫の中の二割までは使って構わないよ。ジャルラへの使節団編成はこの方向で進めてくれ。次に、ドランから暗黒の荒野の動向について新しい報告がある。心して聞いてほしい」

ジャルラへの使節団の派遣の話題とは打って変わって、クリスは声を低く落として切り出した。

出席者の誰もが真剣な面持《おもも》ちで、私の言葉を一言一句聞き逃すまいと耳を傾ける。

昨年の夏にベルン村を襲ったゴブリンの再来となるか否《いな》か。特にバランさんとシェンナさんは緊張しているようだ。

私は今までに判明した情報を嘘偽りなく伝えた。

「私が暗黒の荒野に鳥や虫に擬態《ぎたい》したゴーレムを放ち、情報収集を行なっていた事は既にこの場に居る全員がご存じだと思いますが、その結果をお伝えします。かねてより暗黒の荒野では、いわゆるゴブリンやコボルト、オーガをはじめとした魔物達が複数存在し、種族間あるいは種族内での縄張り争いが常態化していました。しかし、その情勢が大きく変わりつつあります。暗黒の荒野に居《きょ》を構えていた魔族による統一がほぼ成され、今やかの地は一つの勢力として纏まったと考えるべき状態になりました」

事前に知っていたクリス以外の皆が驚く中、ドラミナの表情だけは僅かも揺るがない。

男爵領として新しく道を進みはじめたベルン村に、かくも早々に存亡の危機へと繋《つな》がる事態が勃《ぼっ》発《ぱつ》するとは、なんという巡り合せか。

「ドラン補佐官、暗黒の荒野の勢力は南下の動きを見せているのか？」

現在のベルン男爵領の兵力を脳裏に思い浮かべたのか、バランさんが険しい顔つきのまま問いかけてくる。

私と、雇用した魔法使い達で色々と防衛に役立つ物を作ってはいるが、単純に兵士の質や数を考えると充分とは言えないからな。

「いいえ、探りを入れた限りでは二大勢力の雌雄《しゆう》を決する戦いが終わったばかりで、軍団の再編成と戦後処理に追われている最中です。戦《いくさ》で相当の被害が出ていましたし、今すぐにどうこうとはならないでしょう。それに、彼らがいざ南下するとなれば、彼らはベルン村一つを落としたところで終わらせはしません。アークレスト王国を丸ごと呑み込むか、さらに東西へも侵略の手を伸ばす長期的な計画を組むはずです」

「その通りであるのならば、兵站《へいたん》の確保も含めて、そうそう動きはしない――いや、動けないか」

暗黒の荒野からの侵略となると、事はベルン男爵領だけでなく、ガロア、さらにはアークレスト王国全土にまで波及する。西のロマル帝国と東の轟国との間の火種が燻《くすぶ》っているこの情勢下で、北方への対処まで迫られると、王国としては頭が痛い。ベルン男爵領が、王国から北に対する防波堤の役割を求められるのは明らかである。

まあ、もともとその役割を含めてベルン村は興されたのだから、今更不平不満を唱える話ではないかな。

「それにしても、おれ達が知っているゴブリンなどの魔物とは思えない、計画的な動きだな。暗黒の荒野には魔物以外に人間種も居たはずだが、彼らはどうなっているか、補佐官は把握しているのか？」

「暗黒の荒野を制した魔族勢力に膝を屈して、組み込まれた部族がいくつか。それと暗黒の荒野を離れた部族もあります」

私の答えを聞いたバランさんが眉をひそめる。

「離れた？　しかし、まだこちら側に姿を見せた者達はいないようだが？　ロマル帝国側に逃れたか、あるいは暗黒の荒野の西か北に向かったという事か？」

「ええ、ほぼバラン団長の言う通りです。ロマル帝国側に逃れた者達はほとんどおらず、暗黒の荒野の西にある人間の国家に逃れた者達が大半ですね」

「ううむ、暗黒の荒野の先にある国家か。そこまで考えた事はなかったな。王国の方でもほとんど交流のない相手だろう。となると、暗黒の荒野を統一した者共は次にこちらに来るか、西にある国家に向かうか、どちらの見込みが高いのだろうか？」

「暗黒の荒野側からすれば、南に位置する私達は、侵略する相手ではあっても、攻め込んでくる相手とは認識していないでしょう。これまで迎え撃つだけでしたからね。しかし、彼らが南に攻め込む動きを見せれば、その後背《こうはい》を突いて西の国家に攻め込まれる危険性があります。西側の国家とは小競《こぜ》り合《あ》いを重ねているようですし、まず考えるはずです。本格的に軍を動かすとしても、秋か冬になるまでは難しいでしょう。その間に、私達も暗黒の荒野の勢力と戦えるだけの準備を進めておくべきです」

「分かった。どこまで出来るか分からないが、やれるだけの事は進めておこう。それにしても……ベルン村に腰を落ち着けたままで、よくもそこまで情報を集められるものだ。これほどの情報収集能力となれば、王都を含めて、他の領主達が放っておかないのではないか？」

「そこは我がベルン男爵領の機密としておきましょう。それに私の次の代の者達でも運用出来るように、工夫していますし」

小型のゴーレムを用いた情報収集網は、品や形を変えてどこの国でも試験ないしは運用されているだろう。しかし、それらの中で群を抜いて情報収集範囲と速度、精度の高さを誇る私の収集網は、ベルンの強みの一つだ。

これを私にしか扱えない代物《しろもの》で終わらせてしまっては、私達の子供以降の世代が苦労するからな。性能をある程度落としたとしても、扱いやすくするのは当然の事だ。これは収集網に限った話ではないが。

一通り、私が暗黒の荒野の情勢の変化と今後の展望について語り終えたのを見計らい、クリスが男爵としての威厳を感じさせる顔で厳《おごそ》かに会議の終了を宣言した。

「あらかた意見は出尽くしただろう。これにて会議を終了する。今後、我がベルン男爵領には更なる波乱の嵐が襲い掛かると思う。しかし、皆の力と知恵を借りてこれに対処すれば、必ずやより良き未来を掴み取る事が出来ると信じている。まずはジャルラをはじめとしたモレス山脈諸勢力との協力関係の構築と、近年中に起きるだろう暗黒の荒野との戦への備えからはじめよう。何か意見があれば、今後も忌憚《きたん》なく述べてほしい。私自身を含め、皆の尽力を願う。よろしく頼む」

どうにも一つ仕事を片付けると二倍か三倍になって増える日々だが、それでも私に仕事を放り出すという選択肢はない。

そんな昨今、私は一つの仕事を片付ける為に、やむなくベルン村を離れ、リネットを伴ってアークレスト王国東方の小都市ミケルカを訪れていた。

先日話があった、殿下の護衛任務である。

アークレスト王国の東方では陸路と海路を通じて、高羅斗や轟国との交易が行なわれている。その為、文化の入り混じる独特な地方色を持っているのだが、ミケルカのような小都市では、それほど東方の影響は見られない。

時々、東方風の装いの人や商品を取り扱う店を見かける程度だろうか。

人口二万人ほどのこの街には、戦争特需を狙って食料品や医薬品、衣類に武具やその材料となる鉄鉱石などを求める高羅斗の商人達が足を運んでいるようだ。道行く人々は常よりも異国の色合いが濃い。

秘密裏の会談なので、ロマル帝国に赴いた時のように近衛騎士の制服を纏うわけもなく、私とリネットは揃って、ごく一般的な庶民の服装に身を包んでいる。

顔立ちが随分と違うし、兄妹と言い張るのは難しいかもしれないが、設定としては田舎から遊びに来た兄妹といったところかな？

殿下はいかにも裕福な家の放蕩息子《ほうとうむすこ》といった装《よそお》いで、シャルドはその悪友、もう一人居る護衛は彼らに金で雇われた厳しい護衛といった風体《ふうてい》をしている。

このもう一人の護衛であるセメグン氏は、私が見上げるほどの禿頭《はげあたま》の巨漢である。屈強《くっきょう》な戦士風の見た目に反して、宮廷魔術師の中でも上位に名を連ねる腕利《うでき》きだという。

なんともおかしな三人組が出来上がったものだと、私とリネットは揃って感心したというか、呆れてしまった。

合流して合計五名となった私達一行の他にも、市中のあちこちに、一般市民に扮装《ふんそう》した殿下の護衛達が身を隠していて、いざという時に備えている。

それはこれから会う高羅斗の使者も同じであろう。

向こうが本当にただ会談したいだけならそれでよし。殿下の身柄が狙いか、あるいは第三者による襲撃があるのなら、それを護衛の方々と協力して退《しりぞ》けるのみよ。

私は市場で見かけた高羅斗で産出される薬用の植物に後ろ髪を引かれつつ、ミケルカの郊外にある屋敷に向かう。

ミケルカから続く石畳《いしだたみ》の道を途中で外れた小さな森の中にひっそりと佇《たたず》む二階建ての屋敷の中には、少数の人の気配が感じられた。

事前に屋敷の清掃を行なっていた使用人と、中に控えている護衛達のものだろう。

屋敷の付近に人の影はほとんどなく、冒険者や傭兵《ようへい》の類も足を向けるような場所ではないので、余計な人の目に触れる心配はないと考えてよさそうだ。

王国の各地にこういう秘密裏に用いられる隠れ家や屋敷があるのだろうな。

私達は屋敷の一室に腰を落ち着けて、高羅斗からの使者を待つ。

私達四名は、殿下のすぐ傍に控えて分かりやすく護衛としての立場を示す役だ。

さて、相手はこちらの懐《ふところ》に飛び込む形になるわけだが、どれだけ肝《きも》の据《す》わった相手が来るのやら。

室内にはアークレスト王国と高羅斗や轟国との間を取ったような意匠のテーブルやカーテン、絨《じゅう》毯《たん》や絵画、香炉《こうろ》が置かれている。これらの趣味が良いのか悪いのか判断に困る。

そうして待つ事しばらく……

入室して三十分が経過した頃、屋敷の周囲の気配が僅かにざわめき、相手方が到着した事を教えてくれた。

ほどなくして、屋敷の使用人達に連れられて部屋に入ってきたのは、高羅斗からの商人とその用心棒に扮した者達の合計五名だった。だが、屋敷の上空、かなりの高度に別の気配が複数感じられる。高羅斗側の戦力――いや、切り札か。

雰囲気からして、鍔《つば》が広く、縦に長く伸びた独特の意匠の帽子を取り、ゆったりと全身を包む前合わせの衣服を着た商人風の男が、あちら側の代表者であろう。

三人居る用心棒風の男達は布に包んだ刀を持ち、いずれも歴戦の気配を漂《ただよ》わせる腕利きの武官と見て取れた。彼らはまっとうな人間だが、商人の妹か何かに扮した、紫色の髪と黄金の瞳の少女だけは違う。

確かに肉体を持つ存在でありながら、あまりに無機質な印象を受ける。なるほど、この少女が噂に聞く人造人間――天恵姫か。

私が相手側の値踏みを終える頃に、二十代後半と思《おぼ》しき商人の男性が、殿下の顔をまっすぐに見て笑った。朴訥《ぼくとつ》とした印象の、人好きのする笑みである。

笑いかけられた殿下が僅かに驚いたところを見ると、どうやら相当な大物らしい。

「遠路はるばるようこそおいでになられた。まさか貴方《あなた》が自ら足を運ばれるとは、大層驚きましたよ、響海君殿」

「はははは、まずは一本取れたか。使者の名を伏せていたせいで、貴国には要らぬ不安を抱かせてしまったと思うが、そこは容赦《ようしゃ》いただきたい。何せ、私が国を離れる事は徹底的に伏せねばならなかったのでな」

ふむん、響海君といえば高羅斗の第一王子の名前ではないか。殿下は面識があったみたいだが、この反応からすると、どうやら本物らしい。

立場としてはどちらも同じ次期国王であるから、釣り合いは取れているが、いくらなんでも秘密会談の為に他国に足を運ぶような身分とは言い難い。

しかし、向こうの第一王子が出張《でば》ってまで、一体何を要求してくるのか。轟国との戦争は一進一退を繰り返していると風の噂で耳にしているが……

殿下と響海君が互いに椅子に座して型通りの挨拶を交わし、上辺《うわべ》だけの笑みを浮かべて話しはじめる。

彼らの会話に耳を傾けていると、リネットが念話で話しかけてきた。

リネットは電波や量子《りょうし》を用いた通信機能も搭載しており、私も魔法でそれらに対応可能なのだが、念話が一番慣れているので、この形に落ち着いている。

（マスタードラン）

（照合が終わったのか、リネット？）

リネットは天恵姫と思《おぼ》しき少女の姿を確認した時から、クリスの腰で揺れているドラッドノートに連絡を取り、情報を探していた。

この短時間で既にその結果が出たようだ。

かつてこの星に栄えた天人文明よりもはるかに古く、人類史上最高最大の繁栄を成した超先史文明の遺産たるドラッドノート。この超常の剣は、一時期天人文明に使用されていた事があり、彼らの情報を数多く記録している。

天人の歴史や文化を調査する観点からも、超一級の貴重な資料だな。これはますますその素性を明らかに出来ないぞ。

（はい。彼女達は、ラアウム星より襲来した敵性存在を迎撃する為に開発された、第七世代戦闘用人造人間『ファム・ファタール』シリーズです。製造段階で人為的に開かれたチャクラと、それを増幅するチャクラコンバーター、生体細胞による魔力機関を心臓として搭載しています）

ファム・ファタール――運命の女、あるいは男を惑《まど》わし、破滅させる魔性《ましょう》の女か。なんとも悪意のある名前を与えられているものだ。

（ふむ、しかし、なんでまた女性の外見をしているのかな？　男女間でチャクラの回し方にそれほどの差異はなかったはずから、男性型も作られていたのかな？）

私の疑問にリネットが意外な答えを返す。

（全てはラアウム星から来た侵略者に対する手段を模索した結果です。ラアウム星の知的生命体は人間とは大きく異なる容姿の生命体でしたが、彼らには人間という生物はこの上なく醜い生物に映ったのです）

（醜いか、そういう事もあろうな。それで？）

（ラアウムの者達にとって、人間は醜すぎたのです。一目見た瞬間から、その種が生きている事が許容出来ないほど、種族を根絶させて、この世から完全に抹消《まっしょう》しなければと確信させるほど、醜かったのです。その為、ラアウムの者達は天人に限らず、彼らが醜いと感じるあらゆる世界の人間達を滅ぼすべく、活動を開始しました。天人の約三千年に及ぶ膨大な種類の異星人との戦争のうち、七十年ほどがラアウムとの戦いに費やされたようです）

（滅ぼしたくなるほど醜かったとは、お互い損――いや、不運としか言いようのない感性だな）

人間の創造には多くの神が関わった以上、そこまで極端に醜いなどと感じる事は稀《まれ》なはずだが、何事にも例外はあるか、ふむん。

（それで、彼女らが作られる話には、どうやって繋がるのかな？）

（当時の天人達は、ラアウムが自分達を嫌悪するその習性を利用する案を思い付きました。いっその事、ラアウム達が徹底的に醜いと感じる存在を作り出し、それを兵器として運用すれば、最上の対抗策となるのではないかと）

（では、彼女らの容姿は……）

（はい。天人達が膨大な犠牲《ぎせい》の果てに辿《たど》り着《つ》いた、ラアウムが最も醜いと感じる容姿です。彼女らの存在を認識したラアウム達は瞬時に正常な思考を失い、精神に異常を来《きた》して戦う力を失っていったと記録にあります。対ラアウムに特化していた彼女達は、ラアウムとの戦争終結以降は戦線に投入されませんでした。製造が中止され、残った個体は訓練の的や戦線から遠く離れた基地の警備に用いられたと、ドラッドノートが記録していました）

（そして、今の高羅斗国が、まだ生きていた彼女らの製造施設か基地を発掘して、運用するに至ったわけか）

リネットから伝えられた天恵姫達の正体に、私は心の中で小さく嘆息《たんそく》した。

かつて戦争の為に作られた存在が、用が済んだと破棄され、再び眠りから醒《さ》まされてみれば、今度は人間同士の戦争に用いられるか。

見た限り、彼女達に自我らしきものはないが、異種の侵略者との戦いの方が、人間同士の争いよりもまだ大義があったと、今の境遇を嘆《なげ》いているかもしれないな。

私とリネットが念話で密かに情報交換をしている間にも、殿下と響海君との話し合いは進んでいる。

会話の展開に応じて、それぞれが連れてきた護衛の顔に緊張の色が浮かんでは沈むのを繰り返している。

どちらの国の人員も最高峰の実力者を選んでいるのだろうが、二十代と思《おぼ》しい面子が多くを占めている。お互いに次期国王の側近で固めてきた結果か。

あちらの連れている人造の少女と頭上に控えさせている少女は、どちらも念の為の護衛と考えたい。現状では高羅斗と我が王国が戦火を交えても両国に利益はない。

響海君が見た目の印象通りに聡明《そうめい》であったとしても、またそうではない愚者であったとしても、ここが戦場になる可能性はまず低い。

だからといって気を抜きはしないが、今は高羅斗から要請のあった会談の内容について耳を傾けよう。

「あの轟国を相手に一歩も退《ひ》かぬ勇猛《ゆうもう》なる戦いぶりは、我が国にも聞こえております。この大陸の歴史を大きく変える戦いの趨勢《すうせい》を、私も、そして陛下も常に気に掛けていますよ、響海君殿」

友好と親愛の念を前面に押し出した笑みを浮かべて告げる殿下に、響海君は朴訥な印象を受ける笑みを返した。

どちらも内心は表情通りではあるまい。次期国王同士、常に目に見えない牽制《けんせい》と腹の探り合いをしているようなものだろう。

「いやいや、かの大国と我が国がまともに戦えているのは、全ては親愛なるガンドゥラとマシュールとの軍事同盟あればこそ。そして各国からの善意による支援があってこその結果。何より、まだ戦は終わってはおらぬ。我らは誰一人として油断する事を許されない状況だ」

善意による支援、ね。

大陸東方を牛耳《ぎゅうじ》る轟国は、各国にとって目障《めざわ》りなどという生易《なまやさ》しい表現で済む相手ではない。目の上のタンコブならぬ巨岩を相手に戦いを挑む高羅斗ら三国に支援を行なっているのは、アークレスト王国だけではあるまい。しかし、それを善意による支援と言い表すとは、まるでこちらが無償で支援を行なっているかのような口ぶりだ。

今この惑星に存在する文明では、国家同士の付き合いで見返りを求めぬ支援などあるはずがない。響海君とてそれは理解していよう。軽い牽制の一撃かな?

殿下は響海君の言葉を受けても、表情をピクリとも変えず、にこやかに答える。静かな湖畔《こはん》の窓辺が似合いそうな、穏やかな笑みである。

「ご立派な心掛けです。轟国が、〝四神将《ししんしょう》〟のうち、西の白虎《びゃっこ》と北の玄武《げんぶ》を動かしたという情報は、こちらにも既に届いています。轟国の誇る武の象徴たる四神将が動いたとあっては、戦時の緊張が否応なしに増すというもの。ご心労、察して余りあります」

「うむ。かの国の名だたる武将達の手強《てごわ》さは、今まさに我が国とガンドゥラが体験しているところ。

いや、まったく、流石は轟国。長きにわたり大陸に覇《は》を唱えし大国よ。私も前線に身を置く事はあるが、前線で命を賭《と》して戦う兵士達には常に苦労を掛けてしまっている。しかし、我が国の士気は高い。必ずや轟国との戦いに勝利して、我らの正当なる土地を取り戻してご覧に入れよう。それもこれも、天の意志が我らの戦いを後押しするかのようにもたらされた、天恵姫という存在あってこそであるが」

響海君は傍らに控えるファム・ファタール――いや、ここは彼に倣《なら》って天恵姫と呼ぼう――天恵姫に視線をやり、轟国との戦いの引き金を引くきっかけとなった存在を暗に示す。

天恵姫の大部分は高羅斗の戦線に残してきたのだろうが、リネットの情報通りの性能ならば、今ここに連れてきている数だけでも轟国の〝四凶将《しきょうしょう》〟あたりを相手取れるか。

「そちらが噂に名高い天恵姫ですか。やはり天人の遺産が数多く眠る地だけあって、文字通り大地の下に宝の山が眠っていたという事ですね」

「スペリオン王子もご存知だろうが、天人の遺産それ自体はこの大陸各地に眠っている為、各国でもそれなりに恩恵に与っている。その中でも天人の主要都市が多く存在した轟国は、我が高羅斗や貴国よりも古くから天人の技術に精通し、応用している。しかし、先人の知恵にあやかれるのが轟国だけでなければならぬとは、誰も決めてはおるまい。我ら高羅斗も同様なのだ」

ふむ、お互い、天人の遺産を独占するのは我が国だ、と思っているのかね。

図らずも、エドワルド教授と知り合って以来、私は天人関連の遺産に縁があるが、今回の天恵姫もそうだな。

そういえば、リネットが生み出された地下施設のある交易都市サンザニアは、高羅斗に近い王国東方に位置しているが、天恵姫達と技術的な繋がりはあるのかね？

じっと天恵姫の顔を見つめるリネットの横顔は、いつも以上に無表情に徹しているようで、感慨らしいものを抱いているわけではなさそうだ。

「天を行く船に乗り、星の海の彼方《かなた》にまで達したという天人の技術。確かにそれを解明し、応用する事が叶った暁《あかつき》には、あらゆる分野の技術が飛躍的《ひやくてき》に発達し、まさしく世界が変わるでしょう。しかし、星の海や光届かぬ海の底までも自らの領土とした天人達が、既に滅びて久しい事を考えれば、無闇《むやみ》に手を出せば相応の痛手となって我ら自身に返ってくるのは明白。扱いには慎重を期さねばなりますまい」

殿下の言葉を乱暴に訳せば〝上手い事発掘品を使えたからといって、調子に乗っていると痛い目を見るぞ〟という、煽《あお》り半分忠告半分になるかな？

私の知る限り、アークレスト王国では、この天恵姫ほど原型を留めた天人の遺産を運用してはいないはずだ。

しかし、それが私の回りになると、状況は異なる。

天人の遺産を流用したリネット、エドワルド教授が引き取った人造超人達、さらに言えば、天人文明よりもはるかに技術に勝る超先史文明の究極兵器ドラッドノートまである。

その真価を知れば、どの国も真っ先に入手しようとする代物ばかり。詳細な情報は伏せておかなければならない。

「スペリオン王子のその慎重さは得がたいものですな。確かに、天恵姫は我らの手で作り出したわけではなく、眠っていた天人の遺産を利用しているもの。どこに落とし穴があるか分からぬ故《ゆえ》、使い方を誤る事もあるやもしれぬ。肝《きも》に銘《めい》じておかねばなりません」

「いいえ、思慮深い響海君殿には、私の言葉など必要ないでしょう」

「はは、本当にスペリオン王子は謙虚《けんきょ》なお人柄でいらっしゃる。これからも我が国と貴国とは友好に基づいた関係を続けていける事だろう。して、スペリオン王子、今回の会談をこちらから要請した理由について、そろそろ話を進めさせていただいても構わぬかな？」

ようやく本題か。社交辞令の挨拶と情報収集を兼ねた世間話はもう充分と判断したらしい。

響海君の傍に控える天恵姫がチャクラを高めている様子はないし、〝本題〟が襲撃というわけではなさそうだ。

向こうから切り出され、殿下が僅かに雰囲気を固くする。

「この度の貴国からの会談の申し出に関しては、我が国でもいったいどのような意図に基づくものであるのかと、随分と語り合いました。ぜひとも、お話しいただきたい」

無論、色よい返事を出せるとは限りませんが――と、殿下が口の中で呑み込むのが聞こえそうな台詞だ。

響海君の朴訥とした笑みの仮面は崩れない。噂では激情家と聞くが、感情を抑制出来ない人物ではないらしい。その方が敵に回した時に厄介だ。

「現在、我ら高羅斗、ガンドゥラ、マシュールの三国同盟によって轟国と戦っている。かの国の四神将や四罪将《しざいしょう》、四凶将との戦いは激化の一途を辿り、戦況は一進一退。しかし、この現状を打破する為に、ガンドゥラの王子らが玄武を、我が高羅斗が白虎を撃破する作戦を展開中である。ついては、貴国にも軍の派遣を要請したい」

「ほう、正式にアークレスト王国に参戦を希望されると？」

これは穏やかな話ではないが、事前に予想出来なかった範疇《はんちゅう》ではない。

今はまだ高羅斗への支援に対して轟国から抗議があったとしても、すっとぼけられる段階であったが、表立って援軍を派遣するとなれば、言い逃れ出来ない軍事同盟の公表となる。

しかしこれは、高羅斗が追い詰められているというよりも、今回の轟国の武力の要《かなめ》を叩く作戦に注力していると考えるべきだろう。

それにしても……アークレスト王国の参戦を希望するか。ふむん、と私が心の内で零した溜息が聞こえたのか、リネットが再び念話で話しかけてくる。

（マスタードラン、現実的にアークレスト王国が軍を派遣する事はあり得るでしょうか？）

（東方の諸侯らに命じれば即座に動かせる戦力を万単位で用意出来るだろう。とはいえ、高羅斗の領主達は他国の軍が自領内を進軍するのを快《こころよ》く思わないはず。相応の反発はあってしかるべきだ。

それを抑え込んだ上での救援要請なら、少なくとも向こうは本気だという事になる。ロマル帝国への対処の為に大きくは動かせないとはいえ、状況が許す範囲で王国が兵力を出す可能性はある）

（ですが、暗黒の荒野の脅威《きょうい》についても、随時最新の情報を伝えていかなければなりません。もし時期が重なれば、アークレスト王国は三方に敵を抱える事態に陥《おちい》ってしまいます。メルルとマスタードランがいらっしゃるとはいえ、お二方の真の力をご存じない陛下や殿下、重臣の方々は、即断出来ないのでは？）

（リネットの言う通りだよ。ただ、あえて王国にとっての脅威の度合いを語るのならば、東の轟国が下になる。仮に高羅斗が陥落したとしても、エンテの森によって、陸路での進入経路は大幅に制限されるからね）

（高羅斗、ガンドゥラ、マシューールが陥落した場合に、轟国が余勢《よせい》を駆《か》ってアークレスト王国まで攻め入ってくるのかどうかですね。しかし、援軍を派遣したならば、轟国が攻めてくる可能性は高まるでしょう）

（どちらが勝つか、最初から分かっていれば苦労はないが、少なくとも殿下がここで救援を約束する事はないだろう。響海君も即座に答えを求めてきたわけではなさそうだしね）

さて、殿下はどう答えるのか？

大きな問題を抱えたこの要請に、殿下は考える素振《そぶ》りすら見せず、淀《よど》みなく返事をした。

「確かに、これは公にし難いお申し出でありますな。しかしながら、王国の軍事権は陛下が持つもの。諸侯に呼びかけるにせよ、王軍を動かすにせよ、私の一存では決めかねる大事です。誠に申し訳ないが、この場での即答は致しかねます。陛下の耳に入れずに済ませられる話ではありません。この話はアークレスト、貴国ら三国同盟、轟国、さらには周辺諸国の今後を左右する分水嶺《ぶんすいれい》となり得ます」

「うむ、王子の言われる事はもっとも。貴国が我らと共に軍靴《ぐんか》を並べて戦うとなれば、轟国も肝を冷やすであろうからな。既に貴国からは充分な支援を受けている。その上で、さらに軍の派遣までを要請するのは、心苦しいが、これも一刻も早く戦乱を終結させる為、ひいては無辜《むこ》の民《たみ》の被害を減らす為。致し方なき事と理解してほしい」

無辜の民の被害ね。

戦端《せんたん》を開くだけの理由があったのは分かるが、それでも戦争を仕掛けたのは高羅斗側であろうに。

響海君が言うところの民として生まれ育った私としては、彼の言葉は都合の良い言い回しに聞こえてしまい、心に響かない。

占領した土地で高羅斗軍が現地の民にどう対応しているのか、それ次第で彼の言葉はいっそう空虚《くうきょ》なものとなろう。

「響海君殿のお言葉、一言一句違《たが》えず陛下に伝えましょう。勢いを増す轟国が、我が国にとっても潜在的な脅威である事は事実。野心あるかの国の勢いは、遠からず歯止めを掛けなければならないでしょう」

ふむ、おそらく既に轟国の方からも秘密裏に高羅斗への支援を中止する要請か、あるいは高羅斗を挟撃《きょうげき》する提案が来ているのではないだろうか。

戦争も政争も日常茶飯事の轟国ならば、それくらいの事はしていてもおかしくないと、およそ政治に関しては素人《しろうと》の私でも考えが及ぶ。

ともすればこの会談は、アークレスト王国が高羅斗らと敵対する可能性を見るというのが、彼らの本当の目的やもしれぬ。

仮に王国が高羅斗を手に入れても、あまり利益はなさそうだ。陸路での往来が難しく、民族やお国柄も違うので、統治し難いのは目に見えている。

それならば、いっそ海洋交易の要衝《ようしょう》であるマシュールを押さえる方が得られる利益は多かろう。

ま、私はあくまで男爵の補佐官。国の方針に口を出せる立場ではないわな。

「この場で色よい返事を頂戴《ちょうだい》する事は出来なかったが、充分に益《えき》のある話が出来た。スペリオン王子、貴君が国王の座に就いた暁には、貴国がより一層の発展を成《な》し遂《と》げると、今日の会談で確信した」

響海君はいかにも本心からといった様子でそう語ると、立ち上がり、剣ダコの目立つ節《ふし》くれだった右手を差し出した。

殿下もまた椅子から立ち、がっしりと握手を交わす。

「それはこちらの言葉です、響海君殿。我が国には私と妹しかおりませんが、響海君殿には聡明なる弟君《おとうとぎみ》が二人もおられるとか。貴国の国王陛下は、三人もの優れた王子をお持ちでいらっしゃるのですから、さぞや心強い事でしょう」

両殿下の握手をきっかけとして、会談は一旦終了となり、それぞれ国ごとに屋敷の中に用意された部屋に下がって休憩を取る運びとなった。

響海君達は夜になれば市内にある高級宿に戻って一泊し、観光するか迅速に国内に戻るかを決めるのだという。

状況を考えれば即座に国に戻るべきなのだろうが、こちらに放っている密偵達から情報を集める為に、時間を掛けるかもしれない。

屋敷の中の別室に移る途中、殿下が私に声を掛けてきた。

あまり特別扱いをされると他の近衛騎士の方達の心証が悪くなりそうだが、ここに呼ばれている時点でとっくに〝そう〟なのだから、今更だな、ふむん。

「ドラン、確か君と親交のあるエドワルドという者が、天人の遺産に明るいと聞くが、連絡は取れるかい？」

おや、殿下がエドワルド教授を知っているとは、エドワルド教授は天人関係では王族にまで名を知られた大物だったのか？　変わり者として業界では有名だと聞いていたけれど……。

それとも、殿下の方が博識だと考える方が正解かな。

「いえ、申し訳ございません。エドワルド教授と個人的な連絡手段を持っていないのです。しかし、教授はガロア魔法学院に籍を置かれています。あの方に連絡を取るのならば、オリヴィエ学院長に依頼するのが最も手早い手段かと存じます」

「オリヴィエ殿か。情けない話だが、あの方は私や陛下を含めてなかなか接し方の難しい方でね。何せ建国王の仲間であった方だ。君の故郷がエンテの森との交流の道を開いた事で、国内におけるあの方の重要性はさらに増したというのもある」

「こう言ってはなんですが、今や学院長――いえ、オリヴィエ殿に頼らずともエンテの森との交流が可能になったので、オリヴィエ殿のエンテの森との仲介役という価値が下がったのでは？」

「いや、彼女がエンテの森の重要人物である事は我々も把握しているとも。ベルン男爵領でエンテの森との交流が可能になったのには、彼女の意向が少なからず関わっていただろう。今後もエンテの森との友好的な関係を継続するには、オリヴィエ殿の存在を軽視出来ないさ。少々話が逸《そ》れたが、至急オリヴィエ殿にエドワルド教授との繋ぎを頼まねばならんな。他にも、天人関係の研究者達を集めて、国家的な研究事業を興す必要性も考えなければならない。そんな時代の流れが出来つつある」

ふむぅ、天人の遺産を巡る利権戦争の予兆とは考えたくないが……

あれは現行の文明が手にするには早すぎる代物だ。扱いきれずに甚大《じんだい》な被害をもたらす未来が容易に想像出来る。

エドワルド教授には申し訳ないけれど、現存する遺産を見つけ出して虱潰《しらみつぶ》しに破壊するか封印してしまおうか？

もっとも、どんな遺産が復活したとしても、地上の竜種を統べる三竜帝三龍皇の力には及ばない。彼らが居る以上、私が手を出さずとも惑星の崩壊にまでは至るまい。

視線を感じて振り返ると、まさにその天人の技術によってこの世に誕生したリネットが、かすかに眉根《まゆね》を寄せて、不安げな表情を浮かべていた。

どうやら私の思い描いた不穏な未来を、この少女も想像したらしい。彼女にとって、天人の遺産は自分の誕生の一因を担う要素だ。それを完全に否定してしまっては、自身の存在の否定にも繋がる。

だが、自らを〝道具〟と定義するこの少女は、自己を否定してでも天人の遺産によって生じるだろう悲劇を否定する。そういう少女なのだ。

それが分かるくらいには、私とリネットの関係は深いつもりだ。

「マスタードラン、リネットは……」

リネットが何を言おうとしたのか、ある程度推察は出来たが、私は黙ってこの子の言葉の続きを待った。

私にとってリネットは、頼りになる仲間であり、従順すぎる困った従者であり、手のかかる妹か娘のようでもある。いくつもの側面を備えた掛け替えのない存在だ。

彼女は自分と同じ天人の遺産によって誕生した存在が、本来の存在意義とは異なる人間同士の戦いに用いられている事に何を思ったのか。

決して聞き逃すまいと、私は耳を澄ましたが……それは報《むく》われぬ努力となってしまった。

未だ上空に展開していた天恵姫達から感じられる熱量とチャクラが急激に増加したからだ。

主である響海君が居るこの屋敷へと向けて、砲火を加えるつもりか!?

竜種としての強い強制力を持たせた私の声に、その場に居たリネット以外の全員が即座に反応してその場に伏せた。

「全員、伏せろ！」

リネットは亜空間化した自分の影に収納していた武器を取り出し、手に取る。

私が全員分の球形の防御結界を展開した直後、はるか頭上から放たれた無数のプラズマとチャクラの砲弾、小型の誘導弾が屋敷を瞬時に崩壊させた。

薄い青色の結界の外は、瞬《また》く間に爆発の炎と倒壊する屋敷の瓦礫《がれき》で埋め尽くされる。

頭上から加えられる攻撃はたっぷり一分ほど続いた。天恵姫達はよほど入念に私達を抹殺《まっさつ》するように命じられたらしい。

私は目を見張《みは》っているセメグン氏や既に抜剣して戦闘態勢を整えている殿下とシャルド達の顔を見回し、アークレスト側の人員の無事を確認する。

殿下以下、護衛の戦士達は既に落ち着いており、思考を切り替えて、この場からの脱出を最優先にしているのが態度から見て取れる。

これだけ派手な攻撃だ。周囲に控えている護衛達もすぐさま駆けつけるだろう。

私はうず高く積み上がった瓦礫に囲まれながらも、簡潔に状況を報告する。

「頭上からの砲撃です。今は砲撃を止めて、こちらの生死を確認しているところです。私達が凌《しの》ぎ切ったと把握すれば、確実を期して接近戦を挑んでくる可能性が高いかと」

殿下達は必要最低限の情報は得られたと肯き返し、まず確認しなければならぬ事を口にされた。

「ドラン、響海君殿達の安否は？」

「こちらが手を貸すまでもなく、護衛の術士達が守ったようです。それと、屋敷の使用人の方達は私が守っておきましたので、どうぞご懸念なく」

「そうか、それは何よりだ。どちらも失われていい命ではない」

どちらも、か。

自然とそういう事を口にされる方だから、私は殿下を嫌いになれそうにない。

「それと、話をしている余裕は今なくなりました。あちらが急速に降下を始めています。数は七。響海君様の護衛達と合わせれば、数はこちらが勝りますが、相当手強い相手です。初手は私が魔法で牽制しますので、殿下は急ぎ周囲の護衛の方々と合流を。リネット、接近戦なら君の出番だ」

「はい、マスタードラン。場合によっては『ガンドーガ』の使用許可を」

リネットの切り札である騎乗型アームドゴーレム、ガンドーガ。おそらく、今回はそれを使う必要はないだろうが……

「ああ、君の判断で好きに使いなさい。さて、そろそろ行くぞ？」

「はい、リネットはいつでも大丈夫です」

「それは頼もしい限りだ」

私は防御結界を爆ぜさせて周囲の瓦礫を吹き飛ばし、殿下達と機を合わせ、降りてくる敵を迎え撃つ態勢を整える。

気流に干渉し、爆発と同時に生じた粉塵《ふんじん》で敵の視界を遮断《しゃだん》。殿下達には脱出の為の経路が分かりやすいように、粉塵を晴らしておく。

すると、ちょうど私達同様に瓦礫を吹き飛ばした響海君達の姿が見えた。

彼らにとっても予想外の事だったのか、相当に慌てている様子だが、こちらも襲われたと把握し、さらに驚きを重ねる。

あちらは王国側が何か仕掛けた、と考えていたのだろう。こちらが用意した場所で襲撃があったのだし、そう考えるのは自然だ。

響海君の隣で守っていた天恵姫が、亜空間に隠していた武装を取り出し、上空へと向けた。

轟国風の女性衣装に身を包んでいたその天恵姫の背中には、独立して浮遊している長方形の板が六枚並ぶ。右手には腕と変わらぬ大きさの白い銃を、左手には身《み》の丈《たけ》近い長さのハルバードを構えていた。

ふむ、普段武装は亜空間に収納しているのか。リネットも同様ではあるが、あちらの方が影に手を伸ばさなくていい分、展開速度が僅かに勝るな。ふむむ。

その天恵姫が上空に向けた銃からは、先程屋敷を破壊したのと同じ青白いプラズマの砲弾が立て続けに乱射される。

「さて、私も遅れるわけにはいかんか。数多《あまた》の敵を射よ、エナジーレイン！」

私は引き抜いた長剣の切っ先を天恵姫と同じく上空へと向けて、二十本ほどの純魔力の矢を既に視界に入っていた敵へと放つ。

天恵姫と私による青と白と緑の輝きが交錯《こうさく》する光の迎撃を、迫り来る七つの人影はそれぞれがプラズマの砲弾の連射で相殺《そうさい》した。

プラズマと純魔力が絢爛《けんらん》たる無数の飛沫《ひまつ》となって空を彩《いろど》る中を突っ込んでくる敵の顔を目視した殿下が、驚きの声を上げた。

「あれは、天恵姫か！」

そう、私達を襲ったのは響海君達が頭上に控えさせていただろう天恵姫達である。響海君も攻撃を受けているところを見るに、想定外の事態が起きているようだ。

彼女らの支配権が何者かに奪われたのか、あるいは彼女ら自身の暴走あたりが原因だろう。

だが響海君の傍にいる天恵姫が、変わらず主人を守ろうとしているのは不可解だ。しかし、それらの原因究明よりも、まずはこの場を乗り切る事こそが先決。

「マスタードラン、来ます！」

言うや否や、リネットは影の中から自身の十倍以上の重量を誇る長柄のメイスを取り出した。彼女はそれを、私目掛けてプラズマブレードを振りかぶっていた天恵姫の横面《よこつら》に叩きつける。

ミスリルと竜鱗《りゅうりん》、魔晶石《ましょうせき》などを混ぜ込んで作り上げた私印の特製メイスが命中する寸前、天恵姫の体表をうっすらと緑色の光が守るのが見えた。

ふむ……ざっと竜眼《りゅうがん》で観察したところ、増幅したチャクラと核融合炉のエネルギーを何重にも折り重ねた、常時展開型の防御力場か。

天恵姫を守る防御力場とメイスの間で凄まじい魔力とチャクラのせめぎ合いが生じて、大気の乱流を生み出して周囲の粉塵を吹き飛ばす。

リネットの膂力《りょりょく》ならば、天恵姫の防御力場を突破可能なはずだが、それが出来ないのは、彼女の中に天恵姫を倒す――殺害する事への迷いがあるからか。

「迷いを抱える事が心を持つ証明であるのなら、そして矛盾を抱えるのが人間の最たる特徴なれば、リネットよ、私は今の君を祝福しよう」

私は最重要護衛対象であるスペリオン殿下の傍からあまり離れない方が良かろう。

天恵姫達は青白い光の刃で私達を斬殺すべく、一切感情の窺えない顔で襲い掛かってくる。しかし、それらは全て私が牽制で放っている下級魔法と、長大なメイスを片手に奮戦するリネットによって阻《はば》まれ、こちらに被害は出ていない。

必殺を期して接近戦を挑んできた七人の天恵姫のうち一人は、今も響海君の命令に従っている別の天恵姫と銃火と剣閃《けんせん》が激しく乱れ舞う戦いを演じている。

見たところ、響海君側の個体は、私達を襲っている者よりも戦闘能力が高いようだ。おそらくは指揮官型か改良を施された後期型だろう。

つい先程までは響海君の制御下にあったはずの天恵姫達による突然の襲撃ではあったが、私達も高羅斗側も死傷者を出さずに第一波を凌げている。

リネットは先程まで深く思い悩んでいた様子だったが、今は主人である私を脅《おびや》かす天恵姫達を撃退する事に専念していた。

それでも、リネットの心の中には思うところがあり、相手を殺害するほどの攻撃を加えられずにいるのが見て取れる。

ならばリネットの意を汲《く》んで、生け捕りにするのが主人の心意気というもの。

私はこちらに銃口を向ける三人の天恵姫達に向けて、牽制程度に威力を留めた魔法を放った。

「エクスプロージョン！」

私の生み出した爆炎に呑み込まれた天恵姫達は、防御力場で自分の身を守りながら、距離を取るべく後方へと飛《と》び退《の》いていく。

ふむ、彼女らに警戒を抱かせるだけの威力に微調整した甲斐があったというもの。

天恵姫達の装備は現在の文明を百年単位で大きく上回る高度な技術の産物故に、魂を持たない彼女らでも一流の魔法使いに勝る魔法への防御力を誇っている。

さらに、背中に浮かぶ長方形の板には重力に干渉する機構が組み込まれているようで、彼女らは重力の鎖《くさり》などものともせず、柔らかくそして素早く、地に触れぬ高さで動き回る。ありきたりな魔法では、足止めも出来ないだろう。

爆炎の黒花より飛び出した天恵姫達に、凶悪な鈍器を構えたリネットが襲い掛かった。

辛《かろ》うじてこれに気付いた天恵姫がプラズマブレードで受け止める。

両者の拮抗状態《きっこうじょうたい》は一秒と維持される事はなく、天恵姫が亜音速に近い勢いで吹き飛ばされ、別の個体に受け止められてようやく体勢を立て直した。

徹底して行なわれた遺伝子調整と核融合炉の出力、そしてチャクラが回転するたびに生み出される力によって、人外の膂力を発揮する天恵姫。しかし、リネットに内蔵されている永久機関の出力はそれを大きく上回る。

天恵姫達のチャクラには、兵器としての安定性と一定の質を維持する為に制限が課せられているようだが、仮にそれがなかったとしても、大した脅威にはなり得ない。

チャクラとは、一般的な人間種が体内に七つ備える不可視の霊的器官で、最初にこの名称を付けた文明において、円盤、車輪という意味を持つ言葉である。

これが活発に回るか否かが、気やプラーナと呼ばれる力の多寡《たか》や質の良し悪《よあ》しに大きく関わってくる。

チャクラが存在するとされるのは頭頂、眉間《みけん》、咽喉《のど》、胸、臍《へそ》、陰部、会陰《えいん》の七箇所。特に頭頂のチャクラを回す事は、肉体の存在する三次元を超越した、より霊的に高次な世界との回廊を開き、魂の鍛錬《たんれん》と神通力《じんつうりき》にも似た力の獲得に繋がる。

天恵姫達が完璧《かんぺき》にチャクラを回し、神通力めいた力を扱えていたならば、リネットにばかり前衛を任せてはいられなかったかもしれないが、その心配はなさそうだ。

魂が宿っていない以上、天恵姫達は天人達に設定された通りにしかチャクラを回す事は出来ないだろう。

「リネット……メイス！」

リネットらしい感性による名前が付けられたメイスが、また天恵姫の一人を吹き飛ばし、その身を守る装甲に大きな亀裂を作った。

リネットを打倒せずに私達を害する事は叶わぬと判断した天恵姫達が、長槍やポールアクス、ハルバードへと武装を瞬時に変える。

リネットの持つ超重量のメイスとやり合うには、プラズマブレードでは不適当との判断もあるだろう。

「リネットスパイラルアタック！　リネットフルスイングメイス！　リネットスクリューストライク！　リネットブルスマッシュ！　リネットォオ……ミンチメイク！」

リネットは豹《ひょう》のようにしなやかに、猿のように軽やかに、瓦礫の積み重なった悪環境をものともせず素早く動き回る。

彼女が振るう一撃ごとに、こちらの耳をつんざく超重量の金属同士が激突する轟音《ごうおん》が周囲に響き渡る。

ふむ、リネットに相手を任せて問題はないか。

この間、私は殿下に声を掛け、判断を仰ぐ。

「殿下、天恵姫達はリネットが抑えてくれています。私もあそこに加われば撃退出来ますが、まずは御身《おんみ》の安全を確保するのが肝要《かんよう》かと」

「ああ、そうしよう。でなければ君が私から離れて、リネットの援護に加われないからね。この状況では、一度響海君殿と合流した方がいいな。彼の傍らに残っている天恵姫と私達に襲い掛かってきている天恵姫との違いや、その裏に絡《から》むだろう高羅斗の事情を把握しなければならない」

「あちらの様子を見た限り、不測の事態のようですが、そうなると、響海君様を排除したい高羅斗内の勢力か、轟国の策略によるものか、確認する必要があるのは確かですね」

すぐに確証を得られるとは思えないが、話をせずにこのまま帰国されては堪《たま》ったものではない。

祈りを捧《ささ》げたセグメン氏による戦神の祝福を受けた私達は、瓦礫を踏み越えながら響海君達のところへと走った。

しかし、響海君側の護衛達は近づいてくる私達を見てにわかに殺気立つ。

まあ、そうなるな。

いくら自分達も襲撃に巻き込まれているといっても、天恵姫が襲い掛かってきているこの状況では、疑われても仕方がないという自覚があるのか。

響海君側の天恵姫は、離反した二人の天恵姫を相手に少し離れたところで、激しい立ち回りを演じている。リネットとの連携は今のところはない。

「響海君殿、ご無事か？」

私とシャルドを引き連れた殿下は、険悪になりつつある空気を察し、率先して大声を張り上げた。

こちらに戦意がない事を示せば、響海君側は警戒の念を弱めるはずだ。

リネットと天恵姫達の攻防が生み出す轟音が鳴りやまぬ場で、私達は十歩の距離を置いて向かい合う。

「おお、スペリオン王子、御身もご無事か。幸い、こちらに怪我人は出ておらん」

互いに疑念を抱きながら、響海君と殿下が言葉を交す。

「こちらもです。不幸中の幸いと言いたいところですが、急ぎこの場を離れるべきでしょう。我が国には、響海君殿をなんとしてもご無事に高羅斗国へ送り届けなければならない義務と責任があります故」

「このような状況ではありがたいお申し出だ。しかしその前に、あなた方の抱いている疑問を解決しなければなるまい。時を惜しむ場面ではあるがな」

ふむ、案外柔軟な思考を持っていると言うべきか、あるいは豪胆《ごうたん》と言うべきかかね？

「現在、我らを襲っている天恵姫達……あれらは元々我らの支配下にあったものだ。今回の会談において、護衛として連れてきた。しかし、今は私の直属の護衛である〝紫苑《しえん》〟以外は制御下から離れてしまっている。恥ずかしながら、その理由に関しては、今は何も分からないと言う他ない。同じ天恵姫である紫苑ならば何かしら情報を持っているかもしれんが……」

そう言って、響海君は自分達の護衛の天恵姫にちらりと目をやる。

「とにかく、今のこの状況は、少なくともこの響海君が望んで起こしたものではない。そして、我が高羅斗が貴国に対して害意を抱いてはいない事を、どうかご理解いただきたい」

頭を下げこそしないが、真摯《しんし》な光を宿す響海君の眼差《まなざ》しは、信じるに値《あたい》するものではある。

殿下も――少なくとも表面上は――信じる事にしたようだ。

「分かりました。響海君殿の天恵姫――紫苑でしたか、彼女があのように戦っている光景を見れば、信用するに値するというものです。では、今度こそこの場から下がりましょう。ミケルカ市長の屋敷に向かうか、この国境に向かうかは道すがら……」

「ああ。貴国と我ら、双方が周囲に伏せていた護衛達とも合流しなければなるまい。それに……」

響海君が呑み込んだ言葉の続きは、おおよそ察しがつく。天恵姫はこの場に響海君が連れてきた者達だけが全てではない。高羅斗国内に残っているそれらが、同じように反旗《はんき》を翻《ひるがえ》している可能性がある。

轟国と開戦する決意を固めた切り札たる天恵姫達が高羅斗の制御を離れたとなれば、三国同盟と轟国との戦争の様相は劇的な変化を迎えるに違いない。それも高羅斗ら三国同盟にとって、極めて危険な変化を。

「殿下、私はここでリネットと共に残り、天恵姫達を足止めします。その間にお早くこの場を離れてください。後ほど、合流いたしましょう。幸い、私の方から殿下達を見つけるのは難しくはありませんので」

私の呼びかけに、殿下が小さく苦笑しながら頷く。

「まったく、君は頼もしい限りだな。普通ならば無事を案ずる場面なのだが、君の場合は命を懸けるどころか傷一つ負いそうにないからな。何も心配はしなくてよいのだろう？」

「高羅斗国の誇る天恵姫が相手ではありますが、再び無事な姿をご覧に入れて見せましょう。では、これにてご免！」

一言断りを入れ、私は長剣を片手に激しい乱戦模様を描いているリネット達のもとへと駆け出す。

私が離れるのとほぼ同時に、殿下達はこの場からの離脱を始める。

周囲に伏せていた護衛達と合流すれば、随分な人数になるはずだから、天恵姫達以外の襲撃は凌げるだろう。

響海君付きの天恵姫——紫苑だったか——彼女の目がなければ、天恵姫の全てを生け捕りにする良い機会だったものを……

ここは無難に撃退する方向に目的を変えるか？

撃退した天恵姫がどこに退くかを追跡すれば、今回の事変の首謀者《しゅぼうしゃ》の尻尾くらいは掴めそうだな。

ふむん。

私は、リネットと片手斧で競り合っていた天恵姫に、横から純魔力の矢を叩き込む。

さらに銃をこちらに向ける三人の天恵姫達を純魔力の矢の連射で牽制して、リネットの隣へと立つ。

見れば、天恵姫達の手に持つ装備は、分子単位で対魔法防御用の貫通、破壊処理が施されたものへと換装されていた。

先程まで使っていた長柄物《ながえもの》のように、単に破壊力を優先した装備では、リネットの永久機関と私由来の防御を貫通出来ないと悟ったか。

ふむ、これだけ豊富な装備を使えるとは、天恵姫達が眠っていた施設はよほど保存状態が良かったらしい。

「マスタードラン、ご助勢、感謝の言葉もございません」

「こんな時でも変わらずだな、リネット。君から見て彼女らの評価はどうだ？」

「個々の戦闘能力は、かつてマスタードランが戦われたアエラやコンコルディアほどではありません。しかし、明確な自我を持たずに思考を共有している為、連携ぶりは見事です。複数の個体でありながら一個の生命と戦っているのと等しいと感じます。彼女らの装備とその特性を考慮すれば、高羅斗が轟国を相手に戦いを挑む決意を固めるのも無理はないかと」

「思考の差異を持たない事による完璧な連携。意思なき兵器群の特徴の一つだな」

「マスタードラン、彼女達をこの場で駆逐《くちく》なさるのですか？」

少しだけ……ほんの少しだけ、リネットの声が揺らいだ。

彼女は常日頃私の命令には絶対服従だと公言しているものの、やはり、天恵姫相手では思うところがあるるか。

「いや、響海君殿に従っている天恵姫が残っているだろう？　彼女の目があるうちは、手の内を晒《さら》したくない。撃退に留めると決めたよ。それに、彼女らを退かせた場合にどこへ向かうのか、確認する価値はある」

「了解しました。ならば、ほどほどに彼女達を痛めつけてお帰り願いましょう。しかし、そうなりますと、こちら側に残った天恵姫がやりすぎてしまわないか心配です」

リネットの懸念の対象である紫苑は、二人の同胞を相手に優勢の戦いを進めていた。

完璧な連携で放たれる攻撃の数々を捌《さば》き、的確に反撃を加えて、少しずつ相手の損傷を蓄積させている。

ふむ、七対一では勝ち目はなくても、二対一ならば紫苑の方が危なげなく勝利出来る程度の性能差があるのか。

「紫苑という個体に命令を下す権限は、私達にはない。彼女が同胞を倒してしまう前に、私達で全員を〝そこそこ〟痛めつけるぞ」

「はい！」

天恵姫達を倒さずに済むと分かったリネットの声は、明らかに弾んでいた。

それでも、多少痛めつけなければならない事には、申し訳なさを覚えるが、そこは勘弁してもらおう。

対魔法防御用の武装で固めた天恵姫達が一斉に空高く飛び上がる。

空を飛べない——正確には飛ばないだけだが——こちらに対して、飛べる利を追求した戦い方を採る気か。

「雷の理《ことわり》　我が声に従え　黒雲裂《さ》いて　彼方の地まで届け　サンダーフォール！」

彼女らが私達の頭上に陣取るよりも早く、私が発生させた黒雲が空を埋め尽くした。

晴天を染める黒雲から、何十条もの稲妻《いなずま》が束となって、滝の如く天恵姫達へと降り注ぐ。

リネットと天恵姫達の鈍器による殴り合いよりもさらに凶悪で巨大な音が轟《とどろ》き、周囲を包み込む。

天恵姫達の防御力場と衝突した稲妻は、その球形の表面をなぞる形で逸らされている。

ふむ、そこそこの魔法防御性能の装備で固めた兵士なら、百人単位で感電死しているはずだが、これくらいなら足止め程度か。

稲妻の滝が消失するのと同時に、リネットは武器を持ち替え、取り回しやすい小型のメイスを左右の手に構えて突貫《とっかん》した。

天恵姫達の反撃を毛ほども恐れていない、命知らずな行動だが、彼女に自分を犠牲にするなどという考えはないだろう。

自分の目的を叶えるには、こうするのが最善だと信じての行動だ。

「リネットダブルショートメイス！」

ふむ、その名前は……うん、何も言うまい。

先程までよりも殺傷力を落とした小型メイスが唸《うな》り、再び動き出しつつあった天恵姫達に襲い掛かる。

稲妻の残滓《ざんし》が漂う大気の中でもリネットの行動に支障はなく、回避運動が間に合わなかった天恵姫は、防御力場を強引に力で突破された上に胸部を強《したた》かに打ち据えられた。

砕けた胸部装甲が落ち、天恵姫がその場で膝を突く。

「意外と容赦がないな、リネット」

【サンダーフォール】による行動不能状態で倒せたのは、その天恵姫一人だけで、残る四人はまずリネットを片付けようと囲い込む動きを見せた。

その矢先に私が斬り込む。竜種の魔力で強化された脚力で、踏み込んだ瓦礫が砂状に粉砕される。

当然、リネットと同時に私の動きも補足していた天恵姫が反応する。

リネットと違い、私が平均的な強度の障壁しか纏っていない事を即座に認識して、彼女達は狙いを私に定めた。

私は天恵姫が振り上げたハルバードの刃を長剣で受け止め、そのまま弾き返す。がら空きになった天恵姫の胴に左拳《ひだりこぶし》を叩き込み、私の背後を取っていた天恵姫には、右足を軸にぐるりと回転して長剣を一閃《いっせん》。

これを受けた天恵姫は、ほとんど姿勢を変えずに背後へ下がるという慣性を無視した動きで、辛うじて切っ先を避ける。あと一歩踏み込めば長剣に胴を薙《な》ぎ払《はら》われていただろう。

だが彼女が逃げた先には、【サンダーフォール】による足止め中に私が仕込んだ設置型魔法陣があった。足元から迸《ほとばし》った爆発的な光の渦《うず》に呑み込まれて、体を守る装甲や背中の板がことごとく破壊される。

これでさらに追加で二人、戦闘継続が困難な状況まで追い込んだ。残りはリネットが相手をしている二人と、紫苑が相手をしている二人。

「合わせて四人、いや、二人か、ふむん」

私が二人の天恵姫を相手取っていた時間は十秒にも満たなかったが、この間リネットも二人の天恵姫を無力化していた。

両肩を砕かれた天恵姫が地面に膝を突き、もう一人はリネットのメイスの乱打で武器を砕かれ、鈍器の一撃を頭部に受けてよろめく。

目に見えて大きな傷を負った天恵姫達は、苦痛に顔を歪《ゆが》める事さえしなかったが、このまま戦闘を継続すれば、破壊される事は理解しているようだった。

血反吐《ちへど》を吐いてうずくまっていた個体も、飛行装置を頼りに体を浮かせて、明らかにこちらから距離を置こうとしている。

私はどこへ逃げるか確かめる代わりに見逃すつもりだが、紫苑の方はそうではないだろう。あれは元同胞を容赦なく殺害する戦い方だ。

どのような命令が下されているかは知らないけれど、それをされてはリネットの顔と心が曇ってしまうのでな。無粋《ぶすい》な割り込みをさせてもらおうか。

紫苑が二体の天恵姫の隙を突いて左脇腹と右肩に斬撃を見舞ったところに、私は援護のふりをした魔法を放つ。

「エクスプロージョン！」

その直後、紫苑と天恵姫達の間に爆炎が生じ、天恵姫に止《とど》めを刺そうとしていた紫苑の足が止まった。

一方、爆炎に呑まれながらもまだ行動が可能だった天恵姫達は、一斉に飛び上がって、躊躇なく私達へと背を向けて天高く上昇していく。

紫苑は私を一瞥《いちべつ》すらせず、新たに取り出した巨大な銃を逃げ行く元同胞達へと向ける。

紫苑の頭ほどもある大穴の開いた銃口に、銃身も彼女の背丈の倍はあろうかという大きさだ。銃というより携行式の大砲かね。

それとなく邪魔をしなければ……と思ったが、その必要はなかった。

逃げる天恵姫達が魔法や電子的な妨害効果を持つ爆弾を無数に投下したからだ。

空中に赤茶けた霧《きり》が広がり、周囲の大気に混じる魔力や精霊達の力を大いにかき乱していく。

かつて天恵姫達が戦った異星からの侵略者用に用いられた代物なのだろう。私はともかくとして、紫苑だけでなくリネットまでもどうやら内蔵している感知器が上手く機能していない様子だった。目に見える霧だけでなく霊脈《れいみゃく》や異なる位相《いそう》にまで影響を及ぼしているところからして、現文明における上位の妨害魔法にも匹敵しよう。

ふうむ、これほどの効果を爆弾一つで実現するか。やはり過去の天人との技術格差はまだまだ大きいな。

天恵姫達の事もそうだが、天人文明の遺産は当分の間——今後数世紀は下手に手を出さない方が利口だろう。

私達を襲った天恵姫七人は全員が重傷を負ったが、お互いに肩を貸しあいながらこの場から急速に離脱していく。

彼女らには私の思念を貼り付けておいた。これは遠く離れた場所に行く相手を遠隔視する手法の一つである。大抵は双方の同意が必要だが、そこは術者が私なので、問答無用だ。

私は、彼女らがミケルカの護衛達と合流した殿下達に襲い掛からないのを確認し、長剣を腰の鞘《さや》に納める。

リネットがショートメイスを影の中に仕舞い込み、戦闘態勢を解いたところで、紫苑が武装は手に持ったまま、私達を振り返る。

まあ、銃口——あるいは砲口と言うべきか——をこちらに向けていないから、即座に戦闘になる事はなさそうだ。

　返答があるか怪しいが、一応、友好関係にある国に所属している相手なので、平和的な雰囲気を心がけて話しかけてみる。

「貴女にとっては余計な真似をしてしまったかな？」

　撃退してきた天恵姫達と変わらぬ無表情ぶりではあるが、幸いにして返答の言葉はあった。

　指揮官機だからか、他の天恵姫とは何かしら仕様が異なっていようだな。

「彼女達の撃退という指令を達成する事は出来ました」

「ふむん。響海君様からはどのような指令を受けておられたのですか？」

「主人の護衛に伴う基本指令に従ったまでです」

　意外と質問したら答えてくれるものだな。敵対勢力ではない私達には、最低限の会話をするように刻み込まれているのだろう。

「では、貴女の同胞である他の天恵姫達が、私達や響海君様を含む高羅斗の方々を襲った理由に関して、何かお分かりになる事は？」

「その質問への回答は、私に許されていません」

　さて、これ以上問いを重ねても望む答えは得られまい。

　紫苑は何がしかの新たな指令を受け取ったようで、ミケルカの市外へと視線を転じている。

　天恵姫の撃退を報告し、響海君のもとへ戻るように命令が下ったかな？

「紫苑殿、私達はこれから殿下と合流いたしますが、殿下は響海君様と行動を共にしておられるはず。余計な手間を省く為にも、一緒に殿下達のところへと参りましょう」

私からのこの提案も紫苑は響海君に確認を取っているらしい。彼女が返答するまでに微妙な間があった。

「……分かりました。主人のもとへと一刻も早く帰還しましょう」

さて、紫苑は天恵姫達の反逆の理由を明かさなかったが、響海君はそれを教えてくれるかな？

紫苑はこれ以上私からの質問がないと悟るや、すぐさま空を飛んでミケルカ市街に避難した響海君の後を追っていってしまった。

ふうむ、主人のもとへと急ぐ気持ちは分かるが、あそこまで派手に空を飛んでいってしまってよいものか。ある程度響海君に近づいたところで地上に降りるか、何かしらの迷彩の装備を使うつもりなのかな？

「マスタードラン、リネット達も殿下達のところへ急ぎましょう。既に天恵姫達の装甲の破片や、破棄していった装備は回収済みです」

「流石だ、リネット。良い仕事をしてくれる。殿下はミケルカの内外に伏せていた護衛達と合流済みだな。行動を共にする響海君が紫苑をけしかける事はないと思うが、リネットの言う通り、急いで行くとしよう」

竜眼でミケルカを見渡してみると、護衛達が増えた事で百人近い大所帯になった殿下達の姿を捉えた。

彼らはミケルカの中でも大きく豪壮《ごうそう》な造りの屋敷を目指しているようだった。

ふむむん、私達が天恵姫達と戦っていた短い時間の間に随分移動したものだ。

あそこは、ミケルカ市長が代々使用する市庁舎だったか。非常時には籠城《ろうじょう》の舞台となる場所で、今回のような場合に避難するのに都合が良いというわけだ。

リネットと二人して殿下達のもとを目指して駆け出す。

道すがら、先程の戦闘の爆炎や轟音、雷鳴を聞きつけて、廃墟となった屋敷を目指す幾人《いくにん》かの市民や兵士達とすれ違う。

天恵姫の残していった装備などを回収したリネットの判断は良かったな。この様子では、そう時を置かずして屋敷に調査の手が伸びるだろう。

扱いに慎重を要する天人の遺物は、下手に衆目《しゅうもく》に晒さない方がいい。


私とリネットがミケルカ市内に足を踏み入れた時には、殿下達は市長に話を通し終えたようで、市庁舎の地下にある一室に腰を据えていた。

紫苑は……ふむ、合流済みだな。

私とリネットもすぐさま市庁舎に赴く。

市庁舎を守るのは、ミケルカ市の兵士と潜伏していた護衛の近衛であったから、余計な詮索《せんさく》や押し問答で時間を取られず、すんなり中に入れたのは幸いである。

案内を買って出てくれた若い近衛と共に、護衛達でひしめく市庁舎の中を進み、殿下が居る地下室に向かう。

扉を開けると、いずれも険しい顔をした殿下と響海君達が、私とリネットを迎えてくれた。

やれやれ、かなりの非常事態ではあるが、こうも殺気立たなくてもよかろうに。

紫苑は一足先に到着しており、武装を維持したまま響海君の傍に控えている。

たった一人だけとはいえ、天恵姫が手元に残った事は、響海君にとって数少ない安心材料であろう。

「殿下、響海君様、ドランとリネット、ただいま戻りました。既に紫苑殿からお聞きの事かもしれませんが、反旗を翻した天恵姫七名に関しては、辛うじて撃退に成功いたしました」

「ああ、ドラン、リネット、大義だった。先程、そちらの紫苑殿から君達の戦いぶりを聞いたところだ。倍以上の数を相手に見事に戦ってくれた。感謝するよ」

私達の奮戦を称える殿下に続き、響海君が苦笑混じりに告げる。

「スペリオン王子の言う通りだ。お主の名前は以前より、アークレスト王国次世代の新星、アークウィッチの後継者候補として聞き及んでいる。しかし……よもや我が国の切り札であった天恵姫を相手にして、無傷で勝ちを収める凄腕とはな。こう言っては誤解を生むかもしれんが、味方であるからこそ頼もしいものの、もし立場を変える事になったらと考えると、肝が縮む思いだぞ」

ふむ、客観的に相手の力を評価して認められるとは、懐が深いと素直に褒めておくべきところだな。

激情を抑えられず臣下の前でも当たり散らす粗忽者《そこつもの》と噂に聞くが、これまでの殿下とのやり取りや今の発言を鑑《かんが》みるに、なかなかどうして未来を期待出来るだけの器《うつわ》がある。あるいは、その評判自体、彼が流した偽情報かもしれない。

「響海君様、私などには過分なお言葉です。それで、撃退した天恵姫達は、私の目で追えた範囲では貴国の方角へと飛んでいきました。彼女達には、人間ならば重傷に相当するだけの手傷は負わせています。天恵姫の運用に関わる施設がどの程度の規模なのか存じ上げませんが、少なくとも私達を襲った七名が数日内に再び襲ってくる可能性は、大きくはないかと愚考いたします」

天恵姫達の数は少なく見積もっても百や二百ではきかないはずだ。他国に正確な数を伝えるはずもなかろうから、ともすれば桁《けた》が一つ増えるかもしれん。

その全てが先程戦った者達と同程度の実力を備えていて、それらが一斉に反旗を翻しているのであれば、高羅斗にとっては危機的状況だ。彼らの通常戦力で一体どこまで戦えるのか。

天恵姫は一体一体が、恐怖を知らず、痛みを知らず、無尽蔵《むじんぞう》の体力と膨大《ぼうだい》な出力で戦い続ける強力な魔法戦士だ。一人仕留めるだけでも兵士や魔法使い達の屍《しかばね》が山と積み重ねられるだろう。

私の報告を聞いた響海君が険しい表情で頷く。

「……であるか。なんとも頭の痛い事態に陥ったものだ。スペリオン王子、こちらから今回の会談を持ちかけておきながら、我が国の事情によりこのような危急の事態となり、御身を危険に晒した事に関して、なんと謝罪すればよいか」

項垂《うなだ》れる響海君を殿下が宥《なだ》める。

「今回の一件、我が国と貴国の誰に想像出来たでしょうか。屋敷こそ壊れはしましたが、幸いにして人死には出ませんでした。最も取り返しのつかない人命が損なわれなかったのは、不幸中の幸いと言うべきでしょう」

「そうか、確かに死者が出なかったのがせめてもの救いではあるか。このような現状ではあるが、貴国への先程の申し出については、ぜひとも一考をお願いしたい。いや、むしろこの状況だからこそ尚更の話となってしまった。我らは急ぎ国に戻り、天恵姫達の行動について情報を集めねばならん。隠し立てするまでもないが、今回の事態で我が国の戦略は大きな見直しを強《し》いられるであろう」

轟国との戦を決めた大きな要因である天恵姫の離反は、高羅斗にとって大きな痛手に他ならない。近く行なわれる予定だったマシューールとガンドゥラとの共同作戦にも、多大な影響を与えるだろう。

響海君の腹の内は怒りで煮えくり返っていても不思議ではないな。

「貴国との国境までですが、アークレストからも可能な限りの護衛を用意いたしましょう。もし、何者かが意図的に天恵姫達を離反させたのならば、ドラン達が撃退した天恵姫とは別の個体か、また別の手段を用いて響海君殿を狙う可能性は捨て切れません」

「数々のご厚情《こうじょう》、誠に痛み入る」

護衛をつけて響海君一行を国境まで送り届けるとして、殿下と私達はここで別れ、急ぎエドワルド教授と連絡を取らねばならん。

アークレスト王国としての立場からも情報収集が必要だ。

†

響海君一行の出立を見送った私達は、ミケルカ市庁舎に留まり、魔法通信機を用いて、王都の陛下と重臣方に緊急事態として事情を伝えた。

次いで、ガロア魔法学院のオリヴィエ学院長に繋いでもらう。

ガロア魔法学院では新入生達が新しい生活に慣れてきて、新年度の慌ただしさが落ち着いた頃だろうか。

レニーアやファティマ、ネルネシア、ヨシュア達、懐かしい学友達を思わずにはいられない。彼らが変わらず元気に学生生活を過ごしていてくれれば良いが……。

市庁舎の地下室に置かれた魔法通信機は、それほど広くない部屋の壁一面に貼られた画面に通信相手の画像が映し出される大型のもので、型はやや古い。画面の正面の机には、通信機の音声や画像の精度を調整する機器が置かれている。

少しして、画面に鮮明な色彩で学院長の顔が映し出された。

何故殿下がミケルカに居るのか？　何故ミケルカから緊急の通信が入るのか？　学院長としては疑問がいくつもあるだろうが……

『スペリオン殿下、火急の事態と聞きましたが』

通信機から響く学院長の声に、殿下が応える。

「オリヴィエ学院長、急に呼び出してすまない。少々まずい事態が勃発してね。ガロア魔法学院に所属している、ある教授に至急連絡を取りたいのだ。その為に貴女に連絡させてもらった」

『どうやら尋常《じんじょう》ならざる事態が発生したようですね。分かりました。出来る限りの事をいたしましょう。それで、どの者と連絡を取る必要がおありなのですか？』

学院長は向こうの画面の端《はし》っこに映っているであろう私とリネットに、チラリと視線を向けたが、特には触れなかった。

私が殿下のお気に入りである事はご存じのはずだし、追及する必要はないとお考えになられたのかな？

「エドワルド教授だ。彼の天人に関する知識を頼らねばならぬ事態が生じたのだ。詳しい事情は、今は伏せさせてもらいたい」

『なるほど、それだけの一大事というわけですか。アークレスト王国の家臣として、これ以上深くはお聞きしません。そのエドワルド教授ですが、現在は高羅斗内にある天人の遺跡の調査に赴いているはずです。ガロアに戻ってくるのは一ヵ月後の予定ですが、調査の進捗具合によってしばしば延長が生じますから、二ヵ月後、三ヵ月後になる可能性も否定出来ません。火急の事態という事ですので、私の方で急ぎ連絡を取りましょう。エドワルド教授と繋がり次第、殿下にもご一報差し上げます』

「そうしてもらえると助かる。エドワルド教授以外にも天人関係の識者達の知恵と見識を仰ぎたい事態でね。私達も一旦、そちらへ足を運ぶ」

『なるほど、あの忌《い》まわしき天の者達の遺産で何かありましたか。分かりました。すぐに連絡を取れればよいのですが、可能な限り善処いたします』

「お願いする。場合によっては、アークレスト王国が大きく動かなければならない事態に陥りかねん。後手に回らずに済むように、情報が一つでも多く欲しい」

殿下の口ぶりから事態の重さを改めて理解し、学院長は重々しい口調で頷き返す。

『エドワルド教授にもそのように伝えましょう』

その一言で、画面は暗転した。

エンテの森は、かつて天人達と刃を交えた事がある為、学院長をはじめとしたエンテの住人達は、天人文明に関して忌避感《きひかん》を抱いている。それでも、天人の遺産を利用して誕生したリネットにまで、そういった感情を向けないのは本当にありがたいが。

学院長に要望を出した以上は、私達がこれ以上ミケルカに留まる理由はない。

響海君は護衛達と共に高羅斗へと向かっているし、私達も出来るだけ早くガロアに戻ってエドワルド教授の知識を借りる為に動くべきだ。

殿下は合流した護衛達を再編成して数を絞り、さらに国境付近の領主達に警戒を呼びかける指示書の発行を王都へと打診した後、一刻一秒を惜しむ様子でミケルカを出発した。

私とリネットもそのまま殿下に同行し、ミケルカの郊外で転移魔法を用いてガロアへと急行する。

慣例に従うならば総督府《そうとくふ》に顔の一つも見せるところだが、事態が事態だけにガロア魔法学院へと直行して、学院長室に向かった。

なんともはや、休む暇のない強行軍だ。

今頃、王都の方でも天恵姫離反の知らせを受けて、高羅斗や轟国への諜報活動《ちょうほうかつどう》を活発化させる指示が出されているだろうか。

地平線の彼方に太陽の姿が隠れつつある時刻に、私達はオリヴィエ学院長と向かい合っていた。

窓から差し込む夕陽によって、室内がかすかに紅く染まっている。

外に漏れてはならない話をする為に、部屋には学院長の手で何重にも防諜用の魔法が施されていた。まったく、手回しの良い方よ。

私、リネット、殿下、シャルドの四人が学院長室に足を踏み入れると、執務机の前に立っていた学院長は、優美な所作で小さく頭を下げた。

「お待ちしていましたよ、殿下。随分とお急ぎでいらしたようですが、幸い、エドワルド教授と連絡は取れました。どうやら、教授もこちらと連絡を取りたい状況に陥っていたようです。皆さん、こちらへどうぞ」

挨拶の言葉もそこそこに、学院長は私達を手招きして隣接されている部屋へと案内する。

ミケルカの地下室にあったものよりも小型だが、姿見ほどの大きさの魔法通信機が部屋の真ん中に設置されていた。その他には壁際に置かれた箪笥や甲冑《かっちゅう》、本棚くらいしかない、簡素な部屋だ。

色々と仕込んであるが、ふむ、今回は遠隔地と通信しやすいように魔法で微調整が施されているな。流石は学院長、細かい仕事をなさる。

「既にエドワルド教授とは通信が繋がっている状況です。私はしばらく隣の部屋におりますので、終わりましたらお声がけください」

「オリヴィエ学院長殿、ご尽力、感謝する」

「いえ、これでもアークレスト王国の禄《ろく》を食《は》む身ですので。それでは」

身に纏うローブの衣擦《きぬず》れの音すら立てず、学院長は穏やかな面差《おもざ》しのまま部屋を後にした。

轟国と三国同盟の戦場を考えれば、エンテの森まで戦火が届く事はそうそうないとは思う。しかし、もし轟国が三国同盟支援の件でアークレスト王国にまで責を求めたなら、あるいはエンテの森にまで害が及ぶかもしれない。

学院長とて、決して無関心というわけではないだろう。彼女の人脈と実力を駆使して今回の異変について独自に情報を掴むのは時間の問題か。

「さて、エドワルド教授、聞こえているか？　私がスペリオンだ」

殿下が大鏡の前に立ち、エドワルド教授へと呼びかけた。

すると、水面に水滴を垂らすが如く鏡面にいくつもの波紋が生じて、教授の姿へと変わりはじめる。

リネットを見つけた時に別れて以来になるが、エドワルド教授の顔に浮かぶ快活な色は褪《あ》せてはいなかった。この方が相変わらず元気に、学術的な好奇心と探究心のままに生きているのが一目で分かる。

『これはこれは、スペリオン殿下！　まさか名指しでお呼びいただけるとは夢にも思いませんでした。私がエドワルドです。おや、ドラン君にリネット君、君達も殿下と一緒かい？　見たところ元気そうだね。ああ、そうそう、ドラン君は騎爵《きしゃく》に叙《じょ》されたのだったね。遅まきながら、おめでとうと言わせてもらうよ！』

相変わらず怒涛《どとう》の勢いで捲《まく》し立てるエドワルド教授に、ついつい苦笑が口元に浮かんでしまう。

私は殿下に一言断りを入れてからエドワルド教授に応える。

「殿下、恐れながら……」

「ああ、時間は惜しいが、挨拶くらいなら構わないさ」

今のエドワルド教授の弁舌で、初対面の殿下もおおよそ彼の人となりを把握されたのか、苦笑しながらお許しくださった。

「恐縮です。教授もお元気そうで何よりです。常々、教授のご健康とご多幸をお祈り申し上げていましたよ」

『あっはっは、そうかそうか、ありがとう。君も一代貴族になってからは色々と慣れない付き合いが増えて大変だろう。ま！　君の周りには頼もしい女性達がたくさんいるから、存分に頼るといい。気恥ずかしいかもしれないが、それが最良の道さ』

「ありがとうございます。私自身、なるべく頼れる時には素直に頼るよう心がけております。教授との話の種は尽きませんが、残念ながら今は急がねばならない話がございます。教授、よろしいでしょうか？」

『おおっと、そうだったね。いやはや、学院長から緊急時用の通信機に連絡があった時には何事かと思ったけれど、こちらにとっても都合が良かったよ。それで、話というのは……？』

そこで殿下が話を引き継いだ。

「その件は、私の方から話をさせてもらいたい。今回発生した火急の事態は、既に陛下にも伝えてある。王国へ直接的な被害はまだ出ていないが、今後の展開次第では喉元に刃を突きつけられるのに近い状況に成り得る厄介な話だ。貴卿《きけい》の天人に関する知識を頼らせてもらいたい」

『なんとも穏やかではない話みたいですね。それでは、一体どのような事態が生じたのか、お教えください』

「ああ。先頃、我々は高羅斗国のさる人物と会談をした。その際に高羅斗国の持つ天人の遺産、天恵姫が突如として離反し、我々を襲ったのだよ。幸い、こちらとあちら双方の護衛の奮闘により大きな被害を出さずに撃退出来たが、それだけで済む事態ではない。天恵姫と呼ばれる存在について、貴方の知識を借りたいのだ」

殿下には、ドラッドノートからもたらされた情報を、リネットが創造主であるイシェル氏から教えられていたという建前《たてまえ》で報告してある。

殿下の口から、天恵姫はかつて星の海の彼方から襲来した異星の知性体を撃退する為に作り出された自我を持たない人造人間であると伝えられる。そして、天恵姫の一人は離反せずにそのまま反旗を翻した同胞と躊躇なく戦った事も。

これらを聞いたエドワルド教授は、眼鏡《めがね》の奥の理知的な瞳をかすかに細めて、十秒ほど考え込む。

天恵姫の戦いは惑星間規模のものであったから、関連施設が高羅斗国以外にあったとしてもおかしくない。

大陸各地を走り回っているエドワルド教授ならば、どこかしらでその存在程度を知っている可能性はあるが、さて？

『なるほど……どうやら私が大急ぎで王国に伝えなければと考えていた出来事と、殿下達が見舞われた事態は無縁ではないようですね』

「エドワルド教授、それはどういう意味だ？」

『私は助手達と共に、ある天人の遺跡を調査する為に高羅斗に赴いていたのですが、目的の遺跡は高羅斗の兵士達によって厳重に守られていて近づけなかったのです。残念ながら踏み込んだ調査は出来ず、遠巻きに遺跡の様子を観察し、どこかに隠された入り口はないかと探していたところ、事情が変わりました。先程のお話と照らし合わせると、どうやらそれは、殿下達が天恵姫に襲われるより少し前の事だったようです』

ふむん、あちらとこちらの点と点が繋がり、線となるか。

エドワルド教授はよくぞ無事だったものだと言いたいが、彼が引き取った人造超人——アエラ達の能力を考えれば、天恵姫に襲われても凌ぎ切れるだろうな。

『緑と黒の斑《まだら》模様《もよう》の服を着た不審な者達が、その遺跡を襲ったのです。遺跡を守っていた高羅斗の兵士も奮戦しましたが、そう長い時間は持たずに倒されてしまい、遺跡は襲撃者達の手に落ちました。近くに野営地を構えていた私達も、いずれは見つかると判断して早々に引き上げてきた次第です。今回の天恵姫の離反と時をほぼ同じくしているとなると、無関係であるとは考えにくいでしょう』

エドワルド教授は、自分の考えを纏めるように少しの間口を噤《つぐ》んだ。

『仮に天恵姫の離反が暴走ではなく、襲撃者達によって指揮権を奪われたとしたなら、相手は天人の技術力に対する理解が相当深い事になります。ううむ、そこまで天人の遺産に精通しているとなると、襲撃者の素性はかなり絞られますね。まあ、確証はないわけですが』

「なるほどな。確かに、これは関係性を無視出来る内容ではない。だが、その遺跡を押さえたとして、それがどうして天恵姫の離反に繋がるのかだな」

『お話を伺った限り、天恵姫達は自己の意思を持たず、与えられた指令に従って行動する種類の人造人間でしょう。相当数の天恵姫が高羅斗では運用されているとの事ですから、おそらく一括して彼女達に指令を下す為の施設があるはずです。それが、私達の観察していた遺跡だった可能性が考えられます。まだ生きている施設ならば、そこから彼女達を操る事も出来るでしょう。たとえば……そうですね、ゴーレムに対して管理者の権限を上書きして奪い取る魔法があるのですが、天恵姫達はそれを行なわれた状態に近いかと。これまでは発見者である高羅斗国の人間に従うように下されていた指令を、襲撃者達が上書きしたとすれば、突然の離反にも納得がいきます』

エドワルド教授の推測が正しいのならば、天恵姫達は突然機能不全を起こしてたわけではなく、今も正常に機能していると言える。

むしろ上書きされた指令を忠実にこなしている、というわけだ。

ドラッドノートならば今すぐにでも天恵姫達の管理施設に接触して指令を再度書きかえられるだろうが、これは高羅斗国の問題であるし、どこまで私達が手を出してよいものか。

私の傍らでじっと話に耳を傾けているリネットの横顔には、どこか含みのある表情が浮かんでいる。

エドワルド教授のもとに居る、兄弟姉妹とも言えるアエラやインケルタ達の事を考えているのか、いや、それ以上に天恵姫達の事が気掛かりなのだろうな。

なんであれ、こうしてリネットが我《が》を見せる事は、個人的には歓迎である。ともあれ、今回はどうしても荒事《あらごと》になりそうだから、少々心配だ。

エドワルド教授の説明を聞いた殿下が首を捻《ひね》る。

「ならば、何故離反しない天恵姫が存在する？　そちらの者は、逆に機能に異常を来《きた》しているという事なのか？」

この当然の疑問に対しても教授は答えを持っていた。

『おそらくそれは、管理施設から直接特定の人物に指揮権を譲渡するよう設定された個体でしょう。全ての天恵姫をその個体か、同様の指揮個体の管理下に置いていれば、遺跡への襲撃で一斉に離反されるような事は避けられたかもしれません。しかし、高羅斗側にそこまで天人の遺産に明るい人材が居なかったか、その作業を行なっている途中で襲撃を受けたか……』

「貴卿の話の通りだとするならば、ことごとく辻褄《つじつま》が合うな。そうなると、やはり高羅斗の天恵姫達の大部分は敵対状態に陥ったものとして考えなければならなくなる。状況的に見て、轟国の特殊部隊――四罪将や四凶将あたりが動いたか。場合によっては、高羅斗を飛び越えて、我が国へと仕掛けてくる可能性も考慮しなければなるまい。エドワルド教授、実に有用な情報を得られた。感謝するよ」

『いえ、私としてもお役に立てたのならば何よりです。差し出がましいようですが、天恵姫に関しては何かしら行動を起こされますか？』

「……即答しかねるが、我が方が具体的に動くのは難しい。この一件はあくまで高羅斗内で起きた問題という面が強いし、高羅斗国から正式に何かしらの要請が来たわけではない。無論、情報収集と警戒を厳にするようにという命令は下されるだろう。しかし、高羅斗国内で我らが色々と嗅《か》ぎ回るのは、両国の関係を考えても控えたい」

まあ、それでも多少諜報の手を動かすのが政治というものなのだが……

殿下の言葉は充分に予想可能なものであろうに、エドワルド教授は何やら思案げに沈黙する。なかなかどうして鋭い観察眼の持ち主であり、肝の据わったこの方が、何を口にするのか。不謹《ふきん》慎《しん》ながら、私はどこか楽しみな気持ちで次の言葉を待った。

『……確かにその通りでしょう。私は政治に疎《うと》い学者ですが、目下の状況ではそうなさる以外に手段がない事は理解出来ます。ところで殿下、おそらく天恵姫とその他の天人の遺産への対策として、天人を研究している学者達を集めようとされていると思うのですが……』

「よく分かったな。アークレスト王国で確認されている天人の遺産はそれほど多くないとはいえ、世界の現状を考えれば、天人達の事を改めて調べなおす必要があるからね」

『王国の民として国家の方針に従いたいのは山々なのですが、もしお許しいただけるのでしたら、王国には戻らずに高羅斗で調査を続けさせていただけないでしょうか？　現在、私は天人の文明調査について非常に良いところまで来ているのです』

エドワルド教授の言わんとするところを、殿下はすぐに理解された。

ふむん、なるほど、エドワルド教授は今回の事態が起きる前に、高羅斗の許可を得た上で入国し、遺跡の調査を進めていたわけだ。ならばそのまま高羅斗国内に留まっていても、違法性は低い。

教授は自ら密偵役を買って出ようというわけか。

もっとも、高羅斗の緊迫した状況を考えると、いつ拘束されてもおかしくはないし、調査の対象が対象だから命の危険も相当あるだろう。

「なるほどな。貴卿のような有能な学者には、すぐにでも王国に戻って来てもらいたいのだが、そういった事情があるのならば無理強いは出来ない。高羅斗の国内事情はかなり厳しい事になるだろうから、あまり無理はしないように」

言葉に含まれる真の意図を分かった上で、あえて分かっていないかのような台詞を口にする殿下に、エドワルド教授はにかっと笑みを返す。人好きのする明るい笑みだ。

ふうむ、人造超人四人が傍に居るとはいえ、エドワルド教授達だけだと少しばかり心配になるな。国としては、表向き今回の天恵姫離反——いや、強奪事件に関わらぬ方針のようであるし、私にこれ以上の命令は下るまい。

ここは一つ、別人に偽装した私の分身体を派遣するか？

しかし、素性の明らかでない人間が簡単に首を突っ込める事態ではないし、さてどうしたものか……

「マスタードラン」

これまでじっと黙って話を聞いているだけだったリネットが、蚊の鳴くような小さな声で私に訴えてきた。

この一言に、どれだけの葛藤と切望が込められているか、幸いにして私には理解出来た。

ふむ、エドワルド教授があえてあのような持って回った言い方をしたのだから、私もそれに倣うとしよう。

「殿下、エドワルド教授、僭越《せんえつ》ながら一つご検討いただきたい事があります」

『うん？　ドラン君からの提案かい？　他ならぬ君の話ならば、喜んで耳を傾けようではないか』

「私はエドワルド教授に多大な恩義があります。それに、リネットが私のもとに来る事になった経緯にも、教授が深く関わっておられます。先程までのお話を伺う限り、エドワルド教授の〝調査〟には、信頼出来る人手が必要なのではないでしょうか？　私は補佐官としての職務がありますので、ベルン男爵領を長く空けられませんが、その代わりにこのリネットを調査のお役に立てていただけないでしょうか？」

「リネットからもお願いします。このような危険な事態が発生したとあれば、マスタードランとこのリネットの恩人でもあるエドワルド教授のお役に立ちたいのです。このリネット、決してエドワルド教授がなさろうとしている事のお邪魔にはなりません」

私達の懇願を受け、殿下とエドワルド教授が視線を交わす。

多くを語らずとも、それだけで充分な意思疎通が図られていた。

万が一の盗聴――私の知覚の及ぶ限りでは心配ない――を想定して、婉曲《えんきょく》した物言いで話を進めてきたが、この申し出はまさに渡りに船、都合の良い話だろう。

当然、彼らからの答えは分かりきったものであった。

第三章――リネットの独り立ち

轟国との戦争において、高羅斗の切り札であった天人の遺産、天恵姫の大部分が離反した。戦争の趨勢《すうせい》の大きな変化が予想される為、アークレスト王国としてはこの事態を無視する事は出来ない。

そこで王国は、以前から高羅斗内に入って天人の遺跡調査を行なっていた、ガロア魔法学院在籍の考古学者エドワルドに、事態の調査を命じる形で実質的な介入を目論《もくろ》んだ。

エドワルドと助手のエリザのもとには――その素性や能力はある程度隠蔽《いんぺい》されているが――リネットと同じ天人の遺産の応用によって生み出された人造超人四名が居る。戦闘能力という点では、エドワルド一行は大国の精鋭部隊を凌駕《りょうが》していた。

これに加えて、エドワルドとかねてから知己《ちき》であったドランは、従者であるリネットの懇願を受け、彼女を単独で援軍として派遣したのであった。

スペリオン達が転移魔法を用いて王都へと帰還するのを見送ったドランとリネットは、魔法学院内の一室に残り、事の次第を伝えるべく、セリナ達へと念話を繋いだ。

普段は応接室として使われているこの部屋には、魔法学院らしく魔法の付与された時計やからくり人形に燭台《しょくだい》、動物の像などの調度品が置かれている。しかし、生憎《あいにく》今はそれらを見て楽しんでいる場合ではなかった。

念話は術者の力量次第で通話者間の距離と連絡速度の変わる性質があるが、まるで目の前で言葉を交し合っているかのような明瞭さで、ドラン達の頭の中に響く。

（――そういうわけで、私はベルンに戻るが、リネットはこのままエドワルド教授達のもとへ向かわせる。今回の天恵姫離反に関する情報がある程度手に入るまで、リネットはベルン村を離れる事になるな）

ドランの念話の相手はセリナ、ディアドラ、ドラミナ、クリスティーナの四名だ。

四名は今もベルン村でそれぞれの職務に追われていたが、その片手間に念話に応じるくらいの余裕はある。

（リネットがマスタードランに懇願した事です。道具であるリネットが自らの願いを口にするなどおこがましい限りではありますが、どうしても天恵姫達の存在を無視する事が出来ないのです。マスタードランのお傍を離れ、皆のお仕事のお手伝いを疎かにする事となり、誠に申し訳ありませんですが、そうするだけの価値のある結果を、必ずや出します）

普段はそれこそ精巧極《せいこうきわ》まりない人形のように表情を変えないリネットにしては珍しく、セリナ達に自らの決意を語るその横顔には、凛《りん》とした雰囲気があった。

リネットは知らない事だが、彼女にしては稀有《けう》な自己の意思の発露《はつろ》を見て、ドランは内心で喜んでいた。

そして、セリナやディアドラ達もまた、リネットが迎えたささやかな変化の兆《きざ》しを歓迎している。

だからといって、リネットが――エドワルド達と行動を共にするとはいえ――ドラン達から離れて行動する事に心配がないわけではない。

それでも、リネットの強い意志を感じさせる言葉を受けて、クリスティーナは諦《あきら》めにも似た気配の滲《にじ》む返答をする。

（そういう事ならば、私から言える事はほとんどないな。殿下に貸しが一つ出来たとでも考えれば、それだけでも収穫はあったさ。でも、いいかい、リネット。私だけでなくドランも他の皆もそう思っているはずだけれど、何よりも大事なのは君が無事に怪我などしないで私達のもとへと帰ってくる事だよ。天恵姫達の事件を解決するのも重要ではあるが、それ以上に、自分を大切にしてほしい）

クリスティーナの言う通り、全員がそう思っていた。

リネットは希代のゴーレムクリエイター・イシェルの持てる技術全てと、高水準期の天人の遺産の融合によって誕生した、極めて高い戦闘能力と希少性を備えた存在だ。

しかし、知識はあっても経験を伴わない無垢《むく》な精神性や、十代前半の外見年齢から、クリスティーナ達はどうしても心配せずにはいられなかった。

リネットからすれば、自分はそこまで脆弱《ぜいじゃく》ではないと反論の一つもしたいだろうが、こればかりは仕方がない。

（はい。リネットはこの体が朽《く》ちるまでマスタードラン達の為に働く事を、存在意義の第一としています。それを阻む者は全身全霊をもって排除する所存です）

フンス、と力強く息を吐き、気合を入れ直したリネット。

クリスティーナは言いたい事が伝わっているようないないような……なんとも言えない気持ちになって、つい零れ落ちそうになる溜息をぐっと呑み込んだのだった。

リネットはさらに懇願を続ける。

その相手は、やはりと言うべきか、ディアドラだった。

（ディアドラ、どうかリネットが傍を離れてエドワルド教授達の所で働く事を、許してください。クリスティーナに言われたように、自分の安全にも配慮いたしますから）

出会った時の経緯から、リネットがドランを主人として認識するのはある意味当然だった。しかし、ディアドラをこうまで特別視するのは主従の契約外――つまり、リネット個人の感情に由来する。

ディアドラを母のように慕《した》うリネットと、彼女を娘同然に可愛がるディアドラを、周囲の者達は常に微笑ましい思いで見守っていた。

子を持たぬ身なりに、無自覚に母としての振る舞いをしているディアドラは、リネットからの懇願を受けて溜息を吐く。

（はあ、珍しく貴女がお願いをしてきたかと思えば、そんな内容だなんて。恩義のあるエドワルド達を助けに行こうとする気持ちは素晴しいけれど、その前にもっとあるでしょうに。美味《おい》しいものを食べたいとか、服やアクセサリーが欲しいとか、どこかへ出かけたいとか、そういう可愛らしいお願いをしてほしかったものね。ドラン、リネットをエドワルド達と一緒に行動させるとどんな危険に遭遇するか、貴方はどこまで想定しているのかしら？）

不機嫌な顔をしているのだろうな、とドランが確信を抱くディアドラの声であった。

麗《うるわ》しき黒薔薇の精は、なかなかどうして過保護な母親であるらしい。こちらも母性の発芽《はつが》と考えれば、リネット同様に良い心の変化であろう。

（天恵姫単体の戦闘能力は大したものだが、リネットには及ばんよ。それに、全ての個体を一度に相手にする状況にはなるまい。天恵姫の制御を奪った相手が、どの程度の戦力を用意しているかが不安要素とはいえ、仮にその連中が轟国側の手先だとしても、動くのは四罪将や四凶将といった特殊部隊だろう。それならガンドーガもあるし、教授のところのシーラ達も居るから、まず負けはしないはずだ）

（ふうん、貴方がそう言うのなら信じるわ。これで轟国でもないどこかの第三勢力だったら、また話が変わるわね。それを言い出したらキリがないけれど）

（なに、いざとなればすぐに私が動く。リネットには自己の判断で動く事を覚えてほしい。もし間

違えそうになっても、その時にはきっとエドワルド教授が止めてくださる。あの方は信頼に足る方だよ）

（それは私も認めるわ。でも駄目《だめ》ね、どれだけ言われても心配なものは心配だわ。まったく、我ながら呆れたものね。言いたい事は色々とあるけれど、これ以上あれこれ言って時間を浪費させても仕方がないわ。リネット、ドランと離れている間は、エドワルドとエリザの言う事をよく聞くのよ）

（はい。エドワルド教授の言葉に従って、良い子にします）

（いつもと同じ調子ね。それで、旅支度はもういいのかしら？　ハンカチは持った？　地図は？　貴女はほとんど飲食の必要がないとはいえ、道中で怪しまれない為にも、少しは保存食の類を持ってお行きなさい。それと医療品もよ。高羅斗や轟国とではアークレスト王国とで人種が違うようだし、貴女のその雪のように白くて綺麗な髪や褐色《かっしょく》の肌は目立つわ。あまり人目を引かない衣服を選んで、なるべく髪の毛や顔も出さないように気をつけなさい）

初めておつかいに行く子供を心配する母親みたいな物言いに、傍でそれを聞いているドラン達が笑みを零す。もしオリヴィエやエンテがこの場に居たなら、同じように微笑んだだろう。

一方で、リネットは〝真面目〟という材料を〝真摯〟という名の鑿《のみ》で彫り上げた顔でディアドラの言いつけに聞き入っている。

この様子では、リネットが反抗期を迎えるのはまだまだ先のようだ。

（はい。気を付けます）

（所変われば品変わるとも言うし、興味を惹《ひ》かれる事も多いでしょう。買い物をする機会に恵まれて、それなりにお金を使うのは止めないけれど、怪しい連中の口車に乗って、余計なお金を使わされないようにしなさい）

（ご安心を。リネットには相手の脈拍《みゃくはく》や呼吸、神経の活動状態から嘘を吐いているかどうかを看破《かんぱ》する機能が搭載されております。マスタードランとクリスティーナから頂戴したお金は、決して無駄にはしません）

ちなみにリネットには、補佐官付きの従者に相当する給料が支払われている。

加えて、ドランとディアドラからのお小遣い、そしてドランが引き継いだイシェル氏の遺産が分割で渡されている為、リネットはそれなりに小金持ちだった。

リネットへの心配の言葉が尽きないディアドラは、再び溜め息をつく。

（はあ……もう、どうしてこう、ありきたりな事しか出てこないのかしら？　世の母親が、自分の手元を離れる娘の事を心配する気持ちに共感する日が来るなんて。私も存外人間と精神構造が近いものなのね）

さりげなくディアドラは自分がリネットに対して母親の気持ちである、と告白したのだが当人は気付いていないらしい。訂正する素振りは見られない。

しかし、それを言われた方のリネットは、ドランの目の前で顔を赤くしたまま言葉もなく俯いてしまった。

ディアドラが意図せず口にした言葉は、リネットの心の奥深いところまで易々と到達し、彼女の精神に深い衝撃を与えた。

「マスタードラン、異常事態です。リネットの心臓であるパラケルスス式永久機関が、不規則に脈打っています。それに頬の紅潮と多幸感は収まる気配がありません」

ドランは祝福するようにリネットの頭を優しく撫でる。

「羞恥《しゅうち》の念もあるかもしれないが、悪い気分ではないのではないか？　なに、ディアドラが進んで母親役をしてくれるのだから、存分に甘えるといい。リネットだって、以前からディアドラに対しては他の皆よりも甘えるし、特別な態度を取っているのだろう？」

「そ、そうでしたでしょうか？　リネットにはそういった自覚はありませんでした」

「そうさ。見ていて微笑ましい限りだ。だからこそ、ディアドラの心配もひとしおというもの。リネット、何度も重ねて言うが、無事に帰ってくるのだよ」

「はい、どんな運命が待ち受けていようとも、必ず、怪我一つなくマスタードランとディアドラ達のもとへと帰ってまいります」

そう告げるリネットの顔はまだ紅潮したままだったが、その瞳には堅固《けんご》な決意の光が輝いていた。

ドランがベルン村への帰路に就き、リネットは一人でガロアを離れて人々の行き交う街道を進む。

リネットは長い髪の毛を編みこんだ上で白い布でまとめ、衣服も動きやすいズボンと長袖のシャツ、その上に麻のジャケットという出で立ちに変わっている。背中には鞄《かばん》を背負っており、遠目からは旅装に身を包んだ少年にも見えた。

ドランの姿が見えなくなった直後、リネットは街道を外れ、身体能力を全開にして高羅斗に居るエドワルド達のもとへと急ぐ。

リネットには、事前にエドワルド達と連絡を取れる魔法の通信機と、ドランが天恵姫に貼り付けた思念を追跡する魔法具の二つが渡されている。

オリヴィエが持たせた通信機は、リネットの小ぶりな手のひらの中に納まる手鏡で、軍でも使われているものだ。

鏡の表面に相手の姿が映し出される機能があり、送受信を切り替える為のボタンと音声調整用のツマミを備えている。

ドランから渡された魔法具も同様の品で、鏡面の中心をリネットの現在位置として、対象は赤い光点で表示され、距離や方角を確かめられる。

リネットの移動速度は、控えめに言っても尋常ではなかった。

天人の技術とゴーレム製作技術の応用により、徹底的な強化を施された彼女の肉体は休息を必要としない。猛獣や魔獣蠢《うごめ》く山を容易《たやす》く走破し、大地を割る断崖《だんがい》を踏み越え、轟々《ごうごう》と流れる大河を泳ぐまでもなく駆け抜けた。

野に棲《す》む猛獣や外道働《げどうばたら》きの鬼畜共《きちくども》にとっては、安全を確保された街道を外れて進むリネットは、格好の獲物である。しかし、あまりに移動速度が速く、捕捉すら出来ずに見送らざるを得ない者が続出した。

ただし例外として、賊《ぞく》の類は行きがけの駄賃《だちん》とばかりにリネットの方から襲い掛かり、悪夢のように痛い目を見せてから、現地の治安を担当する者達の詰め所に放り捨てていった。

途中、何度かエドワルドと通信しつつリネットが向かった待ち合わせ場所は、高羅斗の北東部に位置する、奥深い山の中。最も近い街から川と山をいくつも越え、いつ造られたのかも怪しいボロボロの吊り橋を渡って、道なき道を行く必要のある場所だ。

とはいえ、リネットにとっては障害たりえない。

今までほとんど休まず移動し続けていたリネットだったが、踏み入った山中に多くの人間が足を踏み入れた痕跡があるのを確認し、速度を緩めた。

やはりここは高羅斗が天恵姫を発見した遺跡の一つであると確信を深める。

発掘の道具を運び込む為に新たに切り開かれたばかりの道に、魔獣避けとして焚かれた香や人間の体臭、血、武具に用いられた金属の臭いの微かな残《のこ》り香《が》が漂う。

血の臭いの中には古いものと新しいものがあり、新しいものは山の地下に眠る施設が奪われた際の戦闘によるものだろうか。

しかし、数日内に戦闘が行なわれた様子は見られないし、現在戦闘中というわけではないようだ。場合によっては、本国に戻った響海君の命令で、既に天恵姫奪還の為の部隊が派遣されていてもおかしくはないのだが。

早足程度に抑えて進むリネットは、エドワルドとの通信機を取り出したが、それを使う事はなかった。

わざわざ連絡を取らずとも、彼女に内蔵された多くの探知機器を用いれば、同じ山中ほどの距離からなら、正確な居場所を突き止める事は容易だ。

リネットは罅割《ひびわ》れた皮膚のような樹皮に覆われた松の木の一種が目立つ山中を、細心の注意を払いながらも迅速に進む。

四方八方に伸びた枝には、黒光りする針のような葉が無数に生えているが、リネットはそれらが頬や手足を掠《かす》めても意に介さず、目に当たりそうなもの以外は避けようともしない。

研究しか頭にないようでいて、意外に抜け目のないエドワルドの事であるから、見つかるような真似はしていないと、リネットは頭では分かっている。

それに、山中に巣くう獣や魔物の類は彼らにとって脅威ではない。

だが、ドランとディアドラ達と出会うきっかけを作ってくれたエドワルドは、リネットからすれば恩人も同然である。分かっていても身を案じずにはいられない。

「いけませんね、リネットも大概心配性です。これではディアドラやマスタードランの事を笑えません。いえ、たとえ天地がひっくり返ろうとも、リネットはお二人を笑ったりはしません。いえいえ、よく考えたらマスタードランならば造作《ぞうさ》もなく天地をひっくり返してしまいますし……ふむむ、どうにも思考が妙な方向に」

ふむむ、と主人の真似をして呟いたリネットがそこで突然足を止めた。

木々の向こうから手を振るエドワルド一行の姿を見つけたからだ。

変わらぬエドワルドと重武装のエリザの傍に、山の中でも動きやすい格好のアエラ、コンコルディア、ノドゥス、インケルタの四人の姿もある。

全員、長期間の山中暮らしで多少格好がくたびれている印象はあるものの、血色はよく疲労も感じられない。

「やあやあやあ、リネット君！　こうして会うのは随分と久しぶりな気もするが、半年と少しくらいしか経っていなかったね。ドラン君やディアドラ君とは相変わらず仲良しさんかな？」

エドワルドはいつもと変わらぬ快活な様子でリネットに話しかけてきた。

高羅斗と轟国のみならず、アークレスト王国にも大きく関わる天人の遺産の行く末に関与する重圧を感じていないわけではないだろうに、それを全く窺わせない陽気さだ。

いつもその傍らに寄り添うエリザは、リネットに向けて宮廷の中であるかのように優雅な仕草で頭を下げる。

それに倣って、周囲の警戒を継続したままシーラ達もぎこちなく一礼した。

「お久しぶりです、エドワルド教授、ミス・エリザ、それにアエラ、コンコルディア、ノドゥス、インケルタ。皆さん、このような危急の事態に遭遇しながらもお元気そうで、リネットは心から安心いたしました。この場にマスタードランはおられませんが、リネットと同じように喜びの海に心を浸した事でしょう」

「はははは、リネット君は詩を嗜《たしな》みはじめたのかな？　素敵な言葉遣いを覚えたものだね、エリザ」

「ええ、教授の仰る通りです。教養は元からおありでしたでしょうが、それを正しく使うには経験が必要です。時間は短かったとしても、さぞかし良い経験を積んだのでしょう」

「リネットにはドラミナという優秀な先生が居ますので」

それに、超先史文明と天人文明の文化や知識を記録している、ドラッドノートという教科書の存在も大きい。とはいえ、今論議すべきはリネットの詩的表現ではない。

リネットを加えて七名に増えた一行は、襲撃後に改めてエドワルド達が設営し直した野営地へと向かった。

エドワルドとエリザがこれまで培《つちか》ってきた隠蔽技術とアエラ達の持つ異能を組み合わせ、山中の景色に紛《まぎ》れた野営地は、見事な出来だった。

案内とドランの探知機がなかったなら、リネットでも見つけるのにかなり苦労したであろう。

山中の僅かに開けた場所に土を掘り、その穴の中に寝袋や食料、野営に必要な品をまとめた木箱が納められていて、その上に布を張って土やら茂みやらで覆い隠している。

敵に発見された際に素早く動けるよう荷物を極力減らしたのもあるが、持ち込んだ荷物の大部分をアエラの異能――『完全世界《かんぜんせかい》』の空間内や魔法の袋に仕舞い込んでいるのだろう。

また、周囲には巧妙に隠した探知魔法がいくつも施されており、エドワルド達の用心深さが窺える。

野営地に着くとすぐに、エドワルドが懐から地図を取り出して広げた。既にガロアを発《た》つ以前に話を進めていたお蔭で、進行が実に速い。

「では声を潜めながら話をするとしよう。私達が観察していた遺跡はここから北西の方角に、私の足で小一時間ほど進んだ山腹にあるよ。間違いなく地下に広がっている施設だね。これまでは高羅斗の兵士達が守っていたけれど、今ではどこの所属とも分からない格好の兵士と、彼らの連れてきた使い魔や人形の類が守っているよ」

リネットは地図に目を向けながら疑問を挟む。

「数はどの程度でしょうか？」

「私達の見ていないところで増やしていなければ、地上部分に三十名ほどで、地下には七十名は居るかな。あとは、遺跡の中で眠っている何かが起動していなければいいのだがね」

今回厄介なのは、天人の遺跡に何が眠っているのか分からない点を含め、詳細な敵戦力の把握が出来ない事だろう。

シーラ達の戦闘能力は絶大だが、天人の兵装の大部分を既に失っているし、遺跡の中に彼女らと同等以上の兵器が眠っていないとも限らない。

ただし、それもこれも、リネットとドラッドノートという、古代文明の技術に関して反則と言う他ない存在の前には些細《ささい》な問題だ。

無論、いかにドラッドノートといえども限界はあるだろうが、遺跡の仕様やその中で眠る――ないしは既に目覚めた――者達の概要くらいなら分かるはずだ。

そう判断したリネットは、さっそく念話で、ベルン村のドラッドノートに呼びかけた。

（どうでしょうか、ドラッドノート）

答えはすぐにあった。ドランは天恵姫についての対応をリネットに任せたとはいえ、助力を求める事を禁止したわけではない。

特に天人関係に関しては調査にしろ戦闘にしろ、この剣の存在はこの上ない知恵袋となる。

（情報解析はある程度済ませました。飢餓地獄《きがじごく》から召喚した餓鬼《がき》を憑依《ひょうい》させた攻性防壁プログラムに、対霊用次元牢などなど、ネットワーク上だけでも数万に及ぶ防衛手段が講じられています。その技術精度を考えても、稼働しているのは天人文明の最盛期前後の産物ですね。対ラアウムに特化している為、汎用性に乏しい遺産であるのがせめてもの救いでしょう）

ドラッドノートの説明に、リネットは黙って耳を傾ける。

（そちらの遺跡の正式名称はプロスペル要塞《ようさい》。ラアウム戦役当時、ファム・ファタールの生産と管理の大部分を担っていた要衝ですが、ラアウムの大攻勢によってその機能の八割相当を喪失した模様です。ちなみに今は山に埋もれていますが、元々はラアウムの母星を消滅させる為の艦隊の一翼を担う恒星間航行可能な移動要塞になるはずだったものですよ。起動する前にラアウムの特攻部隊によって撃沈され、基地に作り変えられています）

（基地としても要塞としても、その機能の大部分が失われているのは幸いですね。マスタードランと共に退けた天恵姫はこちらの施設に帰還した模様ですが、保有戦力などは分かりますか？）

（起動中の天恵姫が三十体。うち、戦闘可能な個体は十八体。他にも対人用防衛兵器の類が二百ほど。ラアウム戦役の終結と共に放棄された為、施設はほとんど再建されていませんが、天恵姫の整備機能と生産機能は生きています。高羅斗の技術者の操作記録を見ると、天恵姫の管理機能を非常時に備えて各地の司令官に移し変える作業の途中で、襲撃されたようですね。高羅斗の天恵姫はこの場所以外にも、数箇所で発掘されたようです）

どうやら天恵姫の管理体制に問題がある事は高羅斗でも認識していたらしい。

しかし、結果的に移行作業を終了させる前に轟国との戦端を開いてしまった。

高羅斗の首脳陣の勇《いさ》み足《あし》とも考えられるし、同盟国との足並みを揃える為にやむを得なかったのかもしれない。

建国以来何かにつけて財を搾《しぼ》り取られ、人材を奪い取られてきた高羅斗にとって、轟国へ一矢報《いっしむく》いる機会は千載一遇《せんざいいちぐう》のものであったろう。

果たして天恵姫を得た際の彼らの心境はいかなるものであったか……。

（管理機能を奪還すれば、再び天恵姫を味方につける事は可能でしょうか？）

（いえ、管理機能は襲撃者の手によって、最優先で別の場所へ移されたようですね。ですが、あの紫苑という個体は指揮官機としての特権を保有しています。戦闘不能に陥らせた個体の脳内インターフェイスに直接接続すれば、管理権を奪い返せるでしょう。私の補助があれば、リネットにも同じ事は可能です。天恵姫を奪取しますか？　王国と高羅斗の関係を考慮するとあまり好ましくはありませんが……）

（別に、リネットはそこまで天恵姫の事を気にしているわけではありません）

どことなく声音の硬いリネットに、ドラッドノートは微苦笑を零したようだ。

それにしても、この両者の関係は不思議議である。

友達か、同僚か、擬似的な肉親関係か。当事者達も明言出来ない、奇妙な関係と言えなくもない。

（そうですか。ならばそういう事にしておきましょう。ああは言いましたが、天恵姫の認証を誤魔化すなり、容姿を少し変えるくらい、私やドラン様であれば簡単です。なんとなれば、ドラミナでも可能ですし）

（天恵姫のバンパイア化ですか？　確かに管理施設などに登録された情報とは大きく変わるでしょ

うから、別個体と認識される可能性もありますが、ドラミナはそれを嫌がるとリネットは思います）

（この惑星における第二の始祖へと至ったドラミナならば、陽光に対する脆弱性以外の欠点を持たないバンパイアを生み出す事も不可能ではないはずです。リネットの言う通り、決して進んで行ないはしないでしょうけれどね）

（とにかく、天恵姫については可能な限り無力化して高羅斗に引き渡します。高羅斗には轟国との戦に負けてもらっては困るのですから、なるべく戦力の減少は避けなければならないでしょう）

（エドワルド教授もアエラ達を手元に置いていますし、私としてはリネットが二、三人連れ帰っても問題ないと思いますよ。同じ天人繋がりという事で……そうですね、ベルン男爵領初の特殊部隊のような立ち位置で確保すればいいでしょう。今回の事態がどうなるにせよ、天恵姫の数を減らした高羅斗は轟国との戦いに一層傾注《けいちゅう》しなければならず、アークレスト王国最北部の辺境にまで気を配る余裕はなくなるでしょうから）

ドラッドノートが伝えた助言は、リネットにも理解出来ないほど、彼女の心を大きく揺さぶった。天恵姫とは似たような出自を持つ存在というだけなのに、どうして自分はここまで彼女らに固執《こしつ》するのか。

リネットはその答えをドラッドノートに伝える事は出来なかった。

エドワルドは急造の野営地に身を伏せて、朗《ほが》らかな調子はそのままに声量だけを抑えて、場を仕切りはじめる。

目下、遺跡は未知の勢力によって高羅斗から奪取され、占拠された状態である事は改めて確認出来たわけだが、相手方の正体や高羅斗側の反応などは謎のままだ。アークレスト王国へ送る情報としては、不足していると言わざるを得ない。

「さて、それではこれからの私達の目的と、それを達成する為の行動について、改めて確認しなおそうか。集団行動において目的意識の共有は、基本中の基本だからね」

皆が地面に膝を突き、顔を寄せて話を進める中、リネットが小さく手を挙げて発言の許可を求めた。

「可能であれば内部に潜入し、占拠している勢力の正体の確認を行なう事が目的に相当するでしょうか」

「可能であれば、だね。何も私達が天恵姫の管理権限を取り戻したり、占拠している者達を壊滅させたりする事までは求められてはいないさ。天恵姫の離反が起きてまだ日は浅いし、高羅斗だって自国内の情報をまとめている段階だろう。リネット君を預かった以上、無理は出来ないけれど、個人的には今回の天恵姫の離反には気になる点がある。せっかく遺跡が生きているのだから、情報端末に接触してある程度は情報を引き出したいところさ」

エドワルドには珍しく懊悩《おうのう》の色が窺えるのは、リネットという頼もしい味方であると同時に、何が何でも無事に帰さなければならない少女の存在が影響している。

そうなっては、普段みたいな無茶と無理をするわけにはいかない。

リネットはまだ情緒を育《はぐく》む途中ながら、そんなエドワルドの思い遣りと責任感を察する事は出来たが、それを適切な言葉で言い表せなかった。

その代わりにリネットの口から出てきたのは、エドワルドの抱く不安の種の正体を問う質問だった。

「教授の抱かれる疑問点とは何でしょうか？」

「なに、多分、君もドラン君も高羅斗の響海君殿下も抱いているだろう疑問さ。天恵姫を発見した高羅斗が管理権限の移行にこれだけ手間取っていたにもかかわらず、離反させた連中の手際《てぎわ》があまりにも良すぎる。天恵姫の管理権限を奪取したのが轟国の手の者だとして、いくら天人研究に関しては世界随一の国家でも、ここまで高羅斗と差があるとは考えにくい。まあ、私が知らないだけで、轟国の研究がとんでもなく進んでいるか、たまたま天恵姫関係の研究が進んでいたという可能性もある」

「なるほど、マスタードランも〝ふむ〟と頷いて同意を示されるでしょう。教授のお話を聞いて、リネットは納得と共に新たな疑問を抱いてしまいました。不謹慎な言い方になりますが今回の天恵姫離反が轟国によるものであったなら、単純な敵対の構図は変わりません。しかし、もし今回の一件が轟国以外の勢力によるものであれば……」

「そう、それこそ面倒な事態になるよ。高羅斗ら三国同盟と轟国間の戦争に、第三勢力の介入が行なわれているという事になるからね。しかし、周辺諸国を見回しても、それをしそうな国はないのだけれどなあ。ロマルは内憂《ないゆう》の排除と解決に全精力を注ぎ込むべき情勢だし、アークレスト王国は傍観《ぼうかん》しているだけでも利益がある。南方の諸国家にしても、轟国よりも高羅斗に利する動きをした方が得だろうしね」

リネットは無言で頷いて、エドワルドの言葉を肯定した。

周辺諸国家の地図を頭の中で広げて分析してみても、大陸南方最大最強国家たる轟国には、繁栄と拡大よりも凋落《ちょうらく》と縮小の一途を辿ってもらった方が嬉しい国ばかりである。

ガンドゥラ、マシュール、高羅斗の三国同盟を暗に支援しているのが、アークレスト王国だけではないのが、その証拠の一つだ。

轟国の南と西で、今回の天恵姫離反に関わっていそうな国が該当しないとなると、別の方角に目を向けなければならない。

「では、高羅斗の東に目を向けて、秋津国の線はどうでしょう?」

八千代と風香の故郷である秋津国は、独自の呪術文化と、膨大な数の神々との関わりが深い特異な国家だ。

轟国との間では、はるか以前から交流を持ち、時に友好的に、時に血と刃をもって渡り合ってきた歴史がある。現在はというと、戦争自体は続けているが膠着状態《こうちゃくじょうたい》に陥っているという。

その秋津国との暗闘の結果が、今回の事態に繋がったのか?

そんなリネットの推測に、エドワルドは首を横に振る。

「ううん、それもどうかな？　あの国は天人関係に関しては明るくないからね。それに秋津本国からは遠すぎる。轟国と関係が良くない秋津国としては、高羅斗の邪魔をして敵を利するような真似をする動機は小さいさ」

「そうなりますと、今回の事態を引き起こした勢力の正体は……」

「確かめない事には分からない、という結論に至らざるを得ないね」

エドワルドは困ったとばかりに肩を竦める。

今回、その確かめる作業を自分達で行なおうとしているのだから、これから数々の苦労が大口を開けて待っているのは確実だ。

しかしながら、当然の如く遺跡は防備を固められていて、正面から堂々と中に入るわけにはいかない。

巡回中の兵士の装備を奪って内部に潜入する事も出来るかもしれないが、相手方の人数を考えると、見慣れない顔が居たらすぐに気付きそうだ。

他には、視覚的に姿を消す魔法や認識を阻害する魔法を用いたり、搬入物資に紛れて内部に潜入したり……といった手段が考えられる。

そこで、これまで沈黙を保っていたエリザが、この場にいる面子ならではの方法を提案した。

「内部へ潜入となると、ジードの完全世界が有用ですね」

エリザの声音は、どこか身内を自慢するような響きが感じられる。それはディアドラがリネットの事を話す時の雰囲気に、少し似ていた。

エドワルドとエリザに預けられたアエラ達が、これまで数々の調査や冒険に付き合ってきたのは容易に想像出来る。その生活が彼らにとって、お互いにどう作用してきたのか……リネットは強い興味を抱いている事を自覚した。

「うん、エリザの言う通りだ。今回の場合は内部の様子を覗くだけでも収穫は得られる。ジードが頼りになる展開だ」

エドワルドとエリザから視線を寄せられたジードことアエラは、穏やかな風貌《ふうぼう》に淡い笑みを浮かべた。任せておけ、と言外に告げているのだろう。

「教授、ミス・エリザ、完全世界が有用なのはリネットも同意しますが、ジードというのは、アエラの新しい名前ですか？」

「ああそうか、リネット君にはまだ伝えていなかったね。彼らには、私とエリザで勝手ながら新しい名前を贈らせてもらったんだよ。ジード・アエラ、カズール・コンコルディア、メラス・ノドゥス、シーラ・インケルタ。彼らは文句も何も言わないから、気に入ってくれているかどうか、名付けた時は内心ハラハラしたものだよ」

「そうですか。誰かに名前を贈るのは、簡単な気持ちで出来る事ではありません。お二人が緊張なさるのも無理はないかと存じます」

リネットにとっても、創造主であるイシェルにこの〝リネット〟という名前をもらった時の事は、忘れられない思い出だ。

イシェルが失ってしまった娘のリエルの代わりになるはずが、姿形は同じなのに全く違う人格を宿した彼女。

イシェルは彼女を失敗作となじりはしなかった。さりとて娘を想えば容易にその存在を認める事も出来ず……

傍目《はため》にも明らかに憔悴《しょうすい》するほどの苦悩の沼に沈んだイシェルは、彼女にリネットという名前を贈った。

その時の表情――焦燥《しょうそう》の影こそ色濃く残しながら、それでも晴れやかなものが浮かんでいたあの顔を、リネットは決して忘れないだろう。

「貴女達は教授とミス・エリザからいただいた名前を、気に入っていますか？」

リネットが思わず口にした言葉は、エドワルド達にとっても気になって仕方のない質問であっただろう。

よくもまあここまで直球で聞いたものだ。ある種の空気の読めなさ、あるいは気にしないという点で、リネットはドランと似ているかもしれない。

質問の矛先を向けられたシーラは、リネットと似た雰囲気のある顔の口元をほんの少し緩める。

緩やかに情緒を学びはじめたばかりのシーラ達にとっては、これでも充分な成長だ。

「良い名前だと、シーラも、メイスも、カズールも、ジードも、気に入っています。……いえ、少し、違いますね。気に入るではなく、好き、です」

「そうですか。それはリネットにしても嬉しいと感じられます」

リネットもまた、シーラ達を祝福するように、本人も気付かぬうちに淡い笑みを浮かべていた。

そんな彼女達を、エドワルドとエリザは慈《いつく》しみに満ちた眼差しで見守る。

シーラの方は、リネットの反応に小さな疑問の念を抱いたようで、本当に小さく首を傾げて尋ねた。

「どうして、リネットが嬉しいのです、か？　私達、貴女と繋がり、ないです」

これには問われたリネットも首を傾げ返していた。

鏡合わせのように幼い少女が首を傾げあう光景はますます微笑ましく、エドワルドとエリザはこがとてつもない危険地帯であるのを忘れてしまったほどだ。

「そう言われてみればそうですが、リネットが嬉しいと感じたのは間違いのない事実です。リネットの主観としては明確に答えを提示出来ませんが、客観的にリネットと貴女達の因果関係を考えれば、答えに近いものは見出せるかもしれません」

「私達と、リネットとの、因果関係、ですか？」

シーラは訥々《とつとつ》とした口調で疑問を言葉にし、ジードやカズール、メイスといった同胞達と顔を見合わせる。

シーラ以外の三人の外見は既に成人に達しているが、精神の成熟具合は四人ともそれ程差がないらしい。

「リネットはリエルを再生させる為に彼女の死体を用いて作られたリビングゴーレムです。その過程において、再生技術の研究の一環として貴女達が生み出されました。そう考えると、今のリネットがあるのは、貴女達という存在があったからこそです。リネットにしてみればグランドマスター・イシェル以外で、血縁とは異なりますが繋がりのある存在と言えます。親近感を抱く相手が幸福であれば、それに共感して自身もまた幸福感を抱くもの。ですからリネットは、貴女達が幸福である事を嬉しく感じたのだと考えます」

自身に関わる話をなんとも他人行儀な調子で語るリネットだったが、語り続けるうちに、なるほど、自分はそのように感じていたのかと、一つ、また一つと納得していった。

まさに腑《ふ》に落《お》ちる、という状況である。

リネットからの説明を受けるジード達も、余計な虚飾《きょしょく》のない淡々とした言葉に、疑問や反論を挟まず、最後まで耳を傾けた。

「リネットの考え、分かりました。私達も、全部を理解するのは、難しいですが、少し？　結構？　多分？　納得出来ました。先程の繋がりが、ないという言葉を訂正します。私達とリネットには、繋がり、あったのですね」

「はい。そしてそれはとても喜ばしい事なのだと、今のリネットには心から思えます」

「はい、私達も、です」

そうして、リネットとシーラ達はお互いにはにかんだ笑みを浮かべるのだった。

ここが緊迫した現場でさえなかったなら、無垢な心を持った少女達の交流という微笑ましい絵になったであったろう。

†

リネット達の微笑ましい交流が一段落すると、エドワルド達は早速謎の勢力に占拠された天恵姫の施設への接近を試みた。

一行はエドワルドを先頭に、足音はもちろん息遣いすら潜めて、山中を巡回中の兵隊達から身を隠しながら進んでいく。

やがて、赤黒く艶めいて光る赤い苔《こけ》に彩られた山腹に、獲物を待ち構える獣の口の如く掘り抜かれた洞窟が見えてきた。

洞窟の入口付近は木々を切り、山肌をならした広場になっていた。

そこには占拠者達の天幕がいくつも張られ、生活物資や運び出した機器などを入れてあると思《おぼ》しき木箱や鉄箱がいくつも積み上げられている。

当然、広場やその周囲で警戒にあたっている兵士の数は多い。山中の色彩に紛れる迷彩模様の衣服に、魔晶石や精霊石を弾丸と火薬の代わりに用いた魔導銃、弓矢に刀槍で武装している。

この場に天恵姫の姿は見られないが、施設内にある程度の数が居る事はリネットが確認済みだ。

その他の天恵姫達は既に高羅斗各地に散って、戦禍《せんか》を撒き散らしているのだろうか。

「ふうむ、あそこにいる兵隊達を見る限り、高羅斗や轟国の人達と変わらない東方系の人種のようだね。まあ、特殊な任務をこなす部隊なら、自国と異なる人種を加えておくなんて、珍しくもないけれど」

積極的に遺跡に足を踏み入れて調査するエドワルドは、その経験上、他国の軍隊と遭遇する場合が多い。彼の言葉にはしみじみとした実感が籠《こ》もっていた。

エドワルドは広場の様子を窺える切り立った崖の上で腹ばいになって、迷彩処理を施したマントを頭から被り、望遠鏡を覗き込む。

エドワルドとエリザ以外の五人は望遠鏡を使わず、自前の視力だ。

常の如く仮面のような無表情を崩さぬエリザが、相手の武装を分析する。

「持っている魔導銃は轟国で採用されたばかりの最新式ですね。これまでの魔導銃よりも射程が長く、魔晶石一個あたりの発射弾数も三発から五発に増えていたかと」

「ううん、かといって装備と人種で轟国と決め付けるのは安易だねえ。そのように誤解させたい意図が相手にあったら、ものの見事に術中に嵌《はま》ってしまうわけだし」

「そうなりますと、轟国の最新装備を複数用意出来るだけの伝手《つて》を持つ轟国以外の勢力となります

が、該当するような勢力は……」

　黙ってエドワルドとエリザの話を聞きながら、リネットは〝普通、考古学者とその助手というのは、ここまで他国の軍事事情に詳しいものなのか？〟と、疑問に思っていた。

「まあ、あれだけ大きな国だから一枚岩ではないだろうけれど、これ以上可能性を口にしても、確かめようがないね。さてさて、それではどうにか潜入してみようか」

　エドワルドは望遠鏡を魔法の袋に仕舞い、モゾモゾと毛虫か何かのように体を動かして方向転換する。

　彼に従って、リネット達も急いで――しかし決して音を立てないように――その場を離れるのだった。

　この施設に他の出入口が存在するかどうかはさておき、警備の都合もあってか、高羅斗はここ一箇所しか発掘していない。その為、通常は防備を固められたこの場所から出入りする他ないが、エドワルド達の場合は、ジードの持つ異能によって解決される。

　彼の完全世界は、小屋ほどの面積を持った特殊な空間を作り出す能力だ。この特殊空間に入った状態で空中や水中、地中を問わず移動出来る上に、内部の魔力や臭い、熱は外部に漏出しない。エドワルド達の遺跡調査に多大な恩恵をもたらしている異能である。

　仮設した野営地をジードの完全世界の中に収納してから、リネット達も続いて中に入る。

　以前は無味乾燥で何もなかった完全世界の内部だが、エドワルドとエリザに引き取られてからは、模様替えして、中で過ごしやすいように工夫されていた。絨毯が敷かれ、椅子やクッション、香炉、保存食を入れた木箱などが置かれている。

一同が床や椅子に腰を落ち着かせるなり、淡いクリーム色の内壁の一面に外の光景が映し出された。どうやら完全世界の進行方向の映像であるらしい。

「ではジード、よろしく頼むよ」

「はい、教授。任せてください」

信頼の言葉を口にするエドワルドに、ジードは年少のシーラよりもだいぶ流暢《りゅうちょう》な言葉遣いで応じた。

完全世界の移動速度はゆっくりだったが、警備兵の横を素通りし、施設の構造材にも大量の地面に阻まれる事もなく、するりするりと、簡単に内部に潜入してしまう。

あまりの呆気《あっけ》なさに拍子抜けして、リネットは疑問を零す。

「空間の異常を感知する道具くらいはありそうなものですが、ジードの異能はそれらも騙《だま》せるのですか？」

とはいえ、ドラッドノートに教えられた通りであるなら、この施設は対ラアウムに特化した施設であるはずだ。

ラアウムの用いていた技術への対抗策は万全を期しているだろうが、それ以外はさして注力していなかった可能性はある。

それにラアウムの特攻部隊に撃沈させられたというし、施設の機能も完全ではないのだ、とリネットは判断した。

天恵姫の生産と管理が出来ているだけあって、どうやらこの施設のエネルギー源は機能しているようだ。天人の遺跡によく見られる白い潔癖《けっぺき》な印象を受ける廊下は、天井に埋め込まれた照明によって煌々《こうこう》と照らされている。

内部でも、外の警備兵達と同様に銃器で武装した警備兵の姿は散見されたが、施設の広大さに比してその数は決して多くはなかった。

ある程度魔法使いの数が揃っている国家ならば、人手が足りない場合は使い魔やゴーレム、式神で補うのが定石だが、そういった者達の姿もない。

使い魔を作る際の術式から、所属勢力を特定されるのを避けたいのか、あるいはそもそも人手を必要としないのか。

この施設に来てからというもの、推論ばかりで、ほとんど結論を下せないと、とリネットは嘆息する。

わがままを許してくれたドラン達への手向けを用意出来ると期待していた分、若干の焦燥がリネットの心をじりじりと熱していた。

「情報端末に接続してみたいところだけれど、それをしたら流石に気付かれるし、やはりこのまま見て回るのが一番かな」

どこの遺跡で手に入れたものか、エドワルドの手には小さな三角形の黒い金属片が握られていて、そこから光の枠が伸びて立体映像が浮かび上がる。

青白く光る立体映像の上をエドワルドが指でなぞると、表示されている数字や文字、映像が次々と切り替わっていく。

この施設やシーラ達の製造年代とは異なる時代の産物であると、リネットはドラッドノートから教えられた。

ジードの完全世界はさらにさらにと施設の中を進み、明らかに他よりも厳重な隔壁が下ろされた一画をするりと潜り抜ける。

そこは、濃い緑色の液体で満たされたいくつもの透明な硝子《ガラス》状《じょう》の筒が並ぶ広大な空間だった。

真っ先に反応を示したのは、シーラ達人造超人の四名だった。

「教授、ここは……」

ジードの呟きに少し遅れて、エドワルドがおや？　と眼鏡を持ち上げる。

「何だい、ジード。いや、カズールもメラスもシーラも、覚えがあるという顔をしているね。ふむ、どういう場所だと感じたのか、言ってごらん」

「ここは私達が作り出された、場所、と似ています。おそらく天恵姫の生産区画の一つ。この部屋に並んでいるのは、天恵姫の生身の部分を作り出す為の培養槽《ばいようそう》だと、思います」

完全世界は何列も並ぶ培養槽の間をゆっくりと進む。

空《から》の培養槽もあったが、緑色の液体の向こうに人影がボンヤリと浮かび上がっている物も多数ある。成人女性から幼児、胎児まで、大きさは様々。

エドワルド達の目の前で、今まさに新しい天恵姫達の雛形《ひながた》が作り出され、あるいは傷付いた個体が治療を受けている最中なのだ。

「教授、生産施設が見つかったという事は、管理施設もこの近くにあるのでしょうか？」

ゴボッと泡を噴く培養槽に目をやりながら、エリザがエドワルドに問いかけた。

決して愉快な光景ではないが、この施設が生きている事を直に目で確かめられたのは収穫である。

「どうだろう？　重要な施設を一まとめにしているほうが警備はしやすいとはいえ、この施設は随分と広いようだし、そう近くはないのではないかな。管理機構を見つけて天恵姫達の制御を奪えれば一番都合が良いけれど、そこまでするのは私の領分を超えているよ」

天恵姫達の制御を奪うとなると、考古学者に過ぎないエドワルドの領分を逸脱していると言わざるを得ない。たとえ一時的にでも、過分な力を手にする事は、場合によってはアークレスト王国側からも危険視される可能性がある。

今後天恵姫が敵に回らないように、今この施設で生産されている個体を破壊する方向での活動ならば、また話は変わるが……

リネットもエドワルドの言葉に納得していたものの、培養槽の中の同胞を連れ去ってしまいたいと強く考えていた――考えてしまっていた。

生み出されたばかりの個体であれば、まだ管理施設からの影響は小さい可能性はあり、離反する可能性は低いのではないか……？

そんな淡い期待を、リネットは首を振って否定する。

いや、たとえ不完全な個体であっても、管理施設との繋がりを完全に断たない限りは、天恵姫を信頼も信用も出来ない。天恵姫達を連れて行きたいと考えるのならば、後顧の憂いを断つ為に、最低でも命令権を確保しなければならない。

果たして、高羅斗に再び天恵姫達への命令権を取り戻させる事が、自分の感じている心のモヤを払う為の正しい方法なのか、リネットはまた新たな疑問に頭を悩ませる。

ただ、少なくともこの施設を奪還した連中を野放しにしておくわけにはいかない。それだけは確かだと、彼女は固く信じていた。

ジードが完全世界の移動を再開し、生産区画を離れようとした時に、外からこの区画へと入ってくる者の影があり、咄嗟《とっさ》にエドワルド達は口を噤んだ。完全世界の中であれば、どれだけ喋《しゃべ》っていようと外には漏れないのだが、反射的なものだ。

――おや、これは。

入ってきた者達の姿に、リネットだけでなく全員がそう思った。

それは、黒ずくめの衣装で目元以外を隠した男女二人組であった。――その手に抱えている二人の警備兵の亡骸《なきがら》を含めれば四人か。

（リネット達以外の侵入者ですね。殺されているのは、こちらの施設を占拠した側の人間ですか。しかし、この気配、色々と〝混じって〟いるか、宿しているようで……）

リネットに内蔵された多くの観測機器が、黒ずくめの男女の肉体に秘められたおぞましくも凄まじい執念《しゅうねん》を感じさせる秘密を看破していた。

その間、男女は抱えていた死体を壁際に置き、培養槽の根元に備え付けられている操作盤に近づいていく。

ディスプレイに表示されている培養槽内部の状態にざっと目を通した彼らは、室内の培養槽全てを確認してから、別の区画へ続く扉に足を向けた。

迷いのない足取りは、彼らがこの施設の内部を把握している事を窺わせる。

施設の間取りを知っているのであれば、直前まで施設の所有者であった高羅斗の者達である可能性は高い。

早くも響海君が施設奪還の為の精鋭を派遣したのか、それともひょっとして……

リネットが響海君や轟国とも異なる、更なる新勢力の可能性を脳裏に思い描いた時、生産区画を後にしようとしていた男女が不意に振り返った。

しかもなんと、空間の位相の異なる完全世界の中に居るリネット達を、はっきりと見つめてきたではないか。

「ジード！」

リネットが警告を発するのと同時に、ジードは完全世界を解除する。

内部に隠れていた全員が生産区画の床の上に放り出された直後、彼らの頭上を黒ずくめの女から放たれた、小さな〝何か〟が薙いでいった。

天井の照明にかすかに煌《きらめ》いたそれは、小指ほどの長さを持った長方形の刃であるとリネットの瞳は認識していた。

「さて、第三勢力か、それとも高羅斗か轟国の手のものか。いずれにしろ、事態が動きますね」

リネットは完全世界から放り出された瞬間には戦闘態勢を整え、影の中から武骨にして機能美の極みともいえる長大なメイスを取り出していた。離反した天恵姫相手に使用したものよりも殺傷力の高い逸品だ。

ガンドーガの装甲と同じ魔法合金製のこのメイスは、これから自分の餌食《えじき》になる相手に向けて、ただ無機質な輝きを放つ。

一方、黒ずくめの女が放った刃は、意思ある生物であるかのように空中で優美な弧を描き、白銀の煌めきを燐粉《りんぷん》のように零しながら女の手元へと戻っていた。

──速い。上級の強化魔法の恩恵を受けた歴戦の戦士でも、為《な》す術《すべ》なく頚動脈《けいどうみゃく》を斬られる速さだと、リネットは正確に認識していた。

刃が鋭い空気を切り裂く音が消えぬ間に、リネット以外の全員も戦闘態勢を整え終えていた。

エドワルドは魔獣の腱《けん》や毛皮を縒《よ》った特注の鞭《むち》を手に、エリザは片手斧と盾を構えて彼の前に立つ。

完全世界による補助を中心に考えてか、ジードの武装は小ぶりなナイフ一本きり。カズールは自らの異能『強欲王《ごうよくおう》』によって周囲に存在する魔力や塵芥《じんかい》を力に変換し、手の中に暗黒の戦斧を作り出す。

メラスもまた完全世界の内部から出る際に、連射式ボウガンと三十本入りの矢筒を持ち出していたし、シーラは三日月型の片刃の剣を持っていた。

カズール、メラス、シーラ、リネットの四人は、ほぼ同時に黒ずくめの男女へと一歩を踏み出した。

天恵姫の生産区画はそれなりの広さではあるが、培養槽が無数に並んでいる為、この人数での乱戦は施設に被害をもたらす可能性が高い。

黒ずくめの女が自在に飛翔《ひしょう》する刃を再び投擲《とうてき》する予備動作を見せ、男もまた左手に銀色に輝く球体を握り締めて、リネット達を迎撃する姿勢を整えた。

この瞬間を狙い澄まし、メラスが異能『視界跳躍《しかいちょうやく》』を発動する。視界内の物体を、同じく視界内の任意の地点に跳躍させるこの能力で、シーラとカズールを男女の頭上へと一ナノ秒で転移させた。

およそ人間では反応し得ないこの奇襲に対応したのは、男女の肉体や意識ではなく、彼らが手に持った武装であった。

シーラとカズールがそれぞれ電光石火の勢いで振り下ろした刃を、男女の手から離れた刃と球体が自ら迎え撃ち、空中に赤と暗黒の火花を散らしながら弾き返したのである。

刃や球体それ自体に受けた衝撃や加重を別次元に散らす処置が施されているのを、リネットの感覚器は観測していた。魔法ではない科学技術によるものであるのが、リネットをひどく驚かせた。

刃と球体そのものに使用者を守る自動防御機能が搭載されていたのだろうが、凄まじい速さと言う他ない。

奇襲を防がれたシーラとカズールが空中で体勢を立て直す間に、メラスは狙いを定め終え、女に向けてボウガンの引き金を引いていた。

最大で五本まで連射出来るボウガンには、五本一組で一本目の矢と同じ相手を狙う魔法の矢が装《そう》填《てん》されている。

培養槽から漏れる薄《うっす》らとした光の中を、五本の矢が流星となって飛翔する。

そのうちの四本は、再び黒衣の女の手元から放たれた刃が落とし、最後の五本目は女自身が防いでみせた。

このような場所に侵入している以上、武器の性能頼みではなかったろうが、その防ぎ方はエドワルドやリネットの意識を引くものだった。

女の服の中で何やら腕がモゾモゾと動いたと思えば、彼女の右手の指先がずるりと蛇のように伸びて、五本目の矢を空中で絡め取ったのである。

女は覆面の下で得意げな笑みを浮かべるが――直後、その表情を凍りつかせる。

女の鍛《きた》え抜いた五感をすり抜けたリネットの姿が眼前にあったのだ。既に手にしたメイスの間合いだ。

鉄塊《てっかい》を振り上げるリネットの瞳に、容赦と躊躇の二文字はない。

抵抗出来ない程度に痛めつけて情報を吐かせる、だから殺しはしない――彼女の頭にあったのはこの二つの思考である。

「ふん！」

死を実感するという表現では生温《なまぬる》い勢いで振り下ろされる鉄の塊を、それでも女の体は必死になって防ごうと動いた。

女の左腕が服の中でビキビキという音を立てたかと思えば、二回りも三回りも巨大化し、リネットの一撃を辛うじて受け止めたのである。

激突する瞬間に硬質の物体が砕ける音がして、女の顔に苦痛と、それ以上の驚愕《きょうがく》の荒波が巻き起こる。

「やはり人獣混合《じんじゅうこんごう》の肉体ですね。左腕は甲殻や鱗でも纏いましたか。しかし、それではまだまだです」

リネットの脳裏にはヤオという偽名を名乗ってエドワルドやドラン達に近づいた、轟国の四凶将――饕餮《とうてつ》の事がよぎっていた。

両者のせめぎ合いが続く中、自律行動を取る刃がリネットの頚動脈目掛けて、生きた蛇の如き軌跡を描きながら迫る。

それをメラスの視界跳躍が捉え、刃は黒衣の女の首筋の裏へ！

慣性の法則に従う限り、女が鮮血を噴くのは不可避と思われた。ところが、刃はするりと女の体を避けて再びリネットに襲い掛かる。

しかし、分厚い鋼鉄の鎧も断ち切るであろう刃は、すんでのところで、エドワルドの振るった鞭に打ち落とされた。

「間一髪かな？　カズール、ジード！」

リネットへの援護が間に合い、エドワルドは一息零しそうになったが、残る男が球体を操る姿に気付き、信頼する人造超人達の名を叫んだ。

具体的な行動を命じたわけではないものの、彼らが自分の思う以上の行動をしてくれるという確信が、エドワルドの中にあった。

「はあ！」

カズールの持つ暗黒の戦斧が、黒衣の男の右肩を背後から狙うが、激しく回転する球体がこれを辛うじて受け止める。

万物を自らのエネルギーに変換するカズールの強欲王が球体から力を奪い取ろうとするが、球体それ自体に何かしらの防御手段が付与されているようで、上手くいかない。

もし男が戦斧を直接防いでいたなら、たちどころに膝を突かせるくらいには力を奪えただろうが、それをしなかったのは、彼の戦士としての直感が警鐘《けいしょう》を鳴らしたお蔭だ。

ジードはリネット同様にナイフ一本を武器に、男の正面から迫っていた。ただし、短い間隔で完全世界に出たり入ったりを繰り返して、男に動きを悟らせない。

「面妖《めんよう》な」

覆面の奥からしわがれた男の声が零れる。

その直後、男まであと数歩の距離に迫っていたジードの前方に、床を伝って黒い泥のようなものが広がった。

ジードがこれを認識した瞬間、泥の水面のあちらこちらで無数の瞳と口が開く。

瞳孔の丸い、四角い、奇妙な文様を描く目、四角い歯だけの、乱杭《らんくい》のような歯の、あるいは歯のない口……

正気を奪う異常な光景を本能的に警戒し、ジードはすぐさま完全世界の中に飛び込む。さらにシーラ、カズール、リネットを回収してメラスの位置まで下がる。

男から溢《あふ》れた不気味な泥は、男と女を守るようにある程度の範囲まで床に広がったところで侵食を止めた。

泥からは無数の生命の気配が感じられ、数多の視線と敵意とがジード達を貫《つらぬ》いている。

ジードが苦々《にがにが》しげに呟く。

「そちらの方が、よほど、面妖だ」

黒衣の男と泥の中の何かは、ほんの僅かも警戒の意識を緩めない。ジードの完全世界を利用した奇襲を相当の脅威と認識したのだろう。

男と女の持つ球体と刃もかなりの脅威だが、使い手自身も色々と面白いものを持っているようだ。

男達はじりじりと背後にある入口へと下がりながら、リネット達の顔を一人ひとり見回す。その視線が、エドワルドの顔で止まった。

「アークレスト王国の考古学者、エドワルドか」

「おや、私の事を知っているのかい？　これは光栄だね。ついでにそちらも自己紹介をしてもらえると幸いなのだが、君達はそれが許される職業ではなさそうだ。ところで、ここまで戦っておいてなんなのだけれど、私達の目的は君達と戦っても果たされる類のものではないし、君達もきっとそうだと思う。おそらく、私達と君達とで目的は似たり寄ったりだろうから、協力は出来ないとしても、せめてお互い邪魔をしない程度の同盟なんていかがかな？」

この状況でよくもまあ……と、リネットはエドワルドの大胆さに感心したものの、提案を受けた男女の反応は芳《かんば》しくない。というよりも、反応らしい反応がなかった。

もし男女が目撃者の皆殺しを命じられていたら、エドワルド達を始末にかかるところだろうが、それが容易く出来る相手でない事は、今の戦闘で充分に理解したはずだ。

相手の不意を突く機会を窺う為に、この提案を受け入れる可能性は、少しくらいあってもおかしくはない。エドワルドはそう判断したのだろう。

しかし、男と女は視線をリネット達に向けたまま開いた扉の向こうへと飛び退《すさ》る。

「……行くぞ」

「応」

男女の姿が扉の向こうに消えてすぐ、床に広がっていた泥が主の後を追って扉の向こうへと引っ込んだ。

エドワルドから追撃の指示が出なかった事もあり、リネット達は気配が遠ざかるのを待ってから、戦闘態勢を解いた。

エドワルドは顎《あご》を一つ撫でて思案する素振りを見せながら、培養槽に備え付けられているディスプレイを操作しはじめた。

「教授、何をなさっているのですか？」

リネットはメイスを持ったまま、エドワルドに話しかけた。

すぐに男女を追わなかった理由とこの行動に何か関係があるのかと訝《いぶか》しんでいる。

「うん？　ほら、さっき彼らが何か操作しているようだったからね、何をしたのかがちょっと気になって、操作記録を漁《あさ》っているんだ。ふむふむ、天恵姫達の生産と修復状況を確認していたのかな？　それにこれは……中央管理室への接続？　ほほう」

何やら独りごちるエドワルドの手元を、リネットが覗き込む。

「ふむむん、何か収穫があったのですか？」

「うん、やっぱり彼らはここを占拠している勢力ではないみたいだねえ。彼らもこの施設の頭脳である中央管理室を目指しているようだ。それに咄嗟の事だったからだろうけれど、彼らが使ったアレは高羅斗系の技術ではなさそうだし……」

色々と納得のいった様子を見せるエドワルドだが、彼が続けようとした言葉は、突如として施設内に鳴り響いた警報によって阻まれた。

「はは。まあ、短時間とはいえ、生産区画なんていう重大な場所で戦闘をしたら、異常を感知されるのは当たり前か」

侵入を気取《けど》られた事にまるで動じていないエドワルドのいささか緊張感に欠ける発言には、エリザから釘が刺された。

「教授、呑気に話をしていられる状況ではないかと。次に取るべき行動を早くお決めになりませんと」

「うん、エリザの言う通りだ！　さて、少々危険な事をしなければならなくなったけれど、リネット君、君は――」

「リネットだけ逃げるように、という発言はおやめください。ここまで来たら一蓮托生《いちれんたくしょう》というもの。教授達だけを中央管理室へ行かせたとあっては、マスタードランにお叱《しか》りを受けましょう。それに、侵入者は先程の男女だけとは限りません。この施設の防衛兵器や占拠者達の戦力を考えれば、全員が無事に生還する為に、リネットも残るべきです」

「参ったなあ、こちらの痛いところを正確に突いて反論を封じてくるところは、ドラン君にそっくりだね」

「リネットにとっては何よりの褒め言葉です」

「やれやれ……ま、確かにここまで来たら一蓮托生さ。中央管理室へ行こう。彼らの出ていった扉を抜けて、左に曲がって、そこからさらに地下へと向かった先にあるようだ。ジード、完全世界を」

「はい」

話を続けている間にも、培養槽のいくつかから液体が抜かれ、稼動可能な状態の天恵姫が覚醒しはじめている。

それ以外にも多数ある施設の防衛兵器が動き出す前に、リネット達は大急ぎでジードの完全世界内部の空間へと逃げ込んだ。

「ふう、どうやら警戒態勢に移行しても、施設相手ならば完全世界は大丈夫みたいだね。そうなると、異相空間すら察知してみせたあの女性の恐ろしさが、浮き彫りになるわけだけれども」

エドワルドは手の中の端末に目を落とし、先程生産区画から得られた情報を精査しながら、合間合間に道案内の指示を告げる。

先程の警報が鳴り響いてから、施設内部の廊下には武装した兵士ばかりでなく、人型やら蜘蛛めいたガードロボットなどが跋扈《ばっこ》しはじめている。

本格的な警備体制に移行したようだが、先程の男女ならば装備と自身の異能で突破するだろう。施設が時折細かに振動したり、通路の先で爆炎が巻き起こったりする中を、完全世界がするすると進んでいく。

これらが全て戦闘による影響だとするのなら、あまりに多く、同時多発的に発生している。他にも仲間が居たか、予《あらかじ》めあの男女の侵入者達が仕掛けておいた罠《わな》なりが起動したと考えるのが自然だ。

二人の目的が内部調査だけならば、たとえ見つかったとしても、ここまで派手に戦う必要はない。となると、彼らの目的は施設そのものの壊滅か、占拠者の抹殺であったのか。

「教授、侵入したのはあの二人だけだと思われますか?」

リネットの問いかけに、エドワルドが即答する。既に彼の中ではある程度侵入者達に対する考えが纏まっていた。

「いや、この状況を考えると、そうは思えないね。多分、彼らは轟国の四罪将か四凶将の配下だろう。噂で伝え聞いた、複数の魔獣や猛獣の特徴を併せ持つという情報に合致するし、この施設を無力化すれば高羅斗にとっても占拠者にとっても痛手になる。彼らが動いたとしても不思議ではないさ」

「となると、現状でこの施設にはリネット達、占拠者、轟国の三勢力が集っているわけですね」

「轟国も仮定だけれどね。今回の襲撃がどんな結果になるのかを見届けたら、大急ぎで脱出するとしよう！」

では、先程の男女が中央管理室に乗り込み、占拠者達と争いはじめるのを待った方が良さそうですね――と、リネットは口には出さず、心の中で思うに留めた。

時折施設の中で見かける防衛兵器の中には、天恵姫と酷似《こくじ》した人造人間の姿が複数あった。この施設が対ラアウム用の移動要塞であった事を考えれば、あれらもラアウムが醜いと感じる外見に調整された兵器なのだろう。

そんな人造人間や多脚型のガードロボット達が、先程の男女と似たような黒ずくめの者達ないしは、それらが放った奇妙な獣達と戦う光景が随所で見られた。

リネット達は彼らに気付かれないよう、完全世界の中で息を潜め、その脇をこっそりと抜けていく。

経路を確認出来ていた上に、完全世界という障害物を無視出来る移動手段を用いるリネット達は混乱を物ともせず、早々に施設の中央管理室付近へと至った。

あまりに早すぎて、黒ずくめの侵入者達よりも早く到着してしまったかと、エドワルドが心配したほどである。

「よし、ここの通路をまっすぐ進めば中央管理室だ。ふうむ、それにしてもここは激しい戦闘の痕跡があるね。戦闘中ならまだしも、もう〝痕跡〟になっているあたり、侵入者側の戦力の凄まじさが分かるよ」

エドワルド達が一旦動きを止めたのは、三方からの通路が合流する広場であった。

中央管理室に行くにはここを通る他なく、待ち伏せをするのにもってこいの場所である。

しかし、ここを守っていた防衛兵器の類は、全て破壊され、無残な姿で転がっていた。

警報が鳴り出してから今に至るまでの間にここまでやってのけたのだから、エドワルドの言う通り、侵入者の戦力は天恵姫に匹敵するかそれ以上と考えるべきだろう。

リネットはドラッドノートとこっそり連絡を取り、既に侵入者が中央管理室で戦闘を行なっている事を確認すると、このまま先を行くべきだと進言した。

「リネットは、侵入者達が中央管理室を制圧しつつあると考えます。まだ抵抗が収まらないうちにこっそりと侵入しましょう」

今なら戦闘のどさくさに紛れて、中央管理室にある主要電子脳に接続する事も不可能ではあるまい。

「うん、リネット君の言う通りだ。東のことわざに言う漁夫《ぎょふ》の利《り》――争いあっている間に美味しいところを持っていってしまおう！　我ながらずるい提案だね、エリザ」

不敵に笑うエドワルドに、エリザは無表情で応える。

「私達が普段、どこかの誰かによくやられている事です。全て未然に防いできましたが、今回は逆の立場ですので、成功させましょう」

ジードが通路の向こうに見える中央管理室へ完全世界を動かそうとしたその時、分厚い中央管理室の扉が広場まで吹き飛んできた。

続けて、二人の人影が――先程戦った黒衣の男女が飛んでくる。

衣装のあちこちが破れ、その下に隠れていた、黒い鱗や赤い斑点模様《はんてんもよう》の黄色い甲殻に覆われた肌や翼、尾が露《あら》わになっている。

すぐさま状況を理解したリネットは、二人以上に中央管理室の向こうから姿を見せた者に強い警戒の念を抱いた。

画一化された美しい容姿で、天恵姫の一個体であると一目で分かる。

だが、艶々と光る黒い装甲服に全身を包み、右手には回転する小さな刃が無数についた大剣を、左手には螺旋《らせん》の溝が彫られた騎槍を携えるなど、装備の質が他の天恵姫と明らかに異なる。

また、その顔立ちも他の個体に比べて幼いものだった。

目元には半透明のバイザーが掛けられており、そのバイザー越しに異相空間に居るリネット達を正確に見つめている。

「警備の為に調整された特別な個体ですね。当然の如く、こちらを認識しています」

リネットが指摘するまでもなくシーラ達も気付いていた。

「教授、あの個体の足止めをリネットが行ないますので、中央管理室での情報収集はお任せします！」

ジードと目配《めくば》せしたリネットは、すぐさま完全世界の中から飛び出す。

「リネッ……」

エドワルドの返事は待たない。

完全世界から出たのと同時に、リネットは切り札として持ち込んでいたガンドーガを出現させ、即座に搭乗を終える。

黒ずくめの男女は、突然出現したゴーレム――あるいは魔装鎧《まそうがい》と勘違いしたかもしれないが――の姿に、かすかに目を見張る。

先程の戦闘では使用しなかったので、彼らにとっては未知の存在だ。

仮にガンドーガを知る存在であっても、今回持ち込んだそれは、従来のものから外装や武装を換装しており、同じ機体であると看破する事は難しかったろう。

占拠された天人の遺産という環境では、閉鎖空間での戦闘が想定される。通常のガンドーガの武装ではあまりに火力が高すぎる為、今回は近接戦闘を主眼に置いた兵装を選択していた。

骨格とリネットの操縦席、動力機関こそそのままだが、灰色を主とした装甲はほっそりと引き締まった線を描いており、側頭部からは斜め後ろに兎のような耳が伸びている。

重装甲、大火力、高機動、超推進力を全て兼ね備えた通常仕様のガンドーガに対し、近接戦闘用のガンドーガの武装はいたって簡素だ。

ドランの精製した高純度のミスリルとアダマンタイト、オリハルコンを用いた合金製の魔法刃

『ソフドブレード』を左右の腰に二本ずつの合計四本のみ。

もともとガンドーガの五体それ自体が凶器とも言えるが、通常仕様と比べて大胆なまでの軽装備だ。

「ガンドーガ・ソフド、初陣《ういじん》ですが、存分にその性能を発揮しましょう」

操縦席内部から伸びてきた擬似神経を介してガンドーガ・ソフドと繋がる事で、リネットの思考そのものが操縦と等しくなる。

その為、彼女の操縦が機体に反映されるまでの時間差は存在しない。

既存の魔装鎧や搭乗型のゴーレムが抱える問題の一つに対する回答を体現した機体は、雷光の如き加速で切りかかってきた天恵姫に遅れる事なく完璧に反応した。

腰の左右を守る装甲に固定していたソフドブレードを両手に握り、天恵姫が突き込んできた騎乗槍を受け止める。

両者の武器の衝突と同時に轟音が響く。

天恵姫の背中に広がった翼型の推進機六枚から白い噴射炎が噴出。ガンドーガ・ソフドの背中や足裏が白く発光し、魔力噴射によって莫大な推進力を得て互いに押し合う。

特殊仕様の天恵姫に右手に握られた大剣は、細かな刃が無数に付いた奇妙な形状をしていたが、鼓膜《こまく》を貫くような擦過音《さっかおん》と共に刃が回転しはじめた事でその正体が知れた。

チェーンソーブレード――特殊加工を施した無数の刃を勢い良く回転させて対象物を切断する、

近接戦闘用の兵装である。

魔法による防御術式を破壊する為の対抗術式が分子単位で施された刃を無数に備えるだけでなく、刃の回転に連動して内蔵された動力機関がエネルギーを生み出す。

ガンドーガ・ソフドの各種センサーが解析結果をリネットに伝える。

直撃を受けてもガンドーガ・ソフドの装甲ならばそうそう破られはしないが、リネットはドランが製作した機体に要らぬ傷を刻まれる事を嫌った。

騎乗槍の切っ先を受け止めていたソフドブレードを流水の如く滑らかに動かし、意図的に拮抗状態を崩す。

天恵姫が一瞬のバランスの乱れを立て直す僅かな隙に、ガンドーガ・ソフドの右回し蹴りが叩き込まれる。

天恵姫の左脇腹に命中した蹴りは薄水色の防御フィールドに阻まれて肉体に直撃はしなかったが、彼女の体を吹き飛ばす程度の仕事は果たした。

天恵姫は慣性制御と重力制御システムを同時に稼動させて、一万分の一秒で崩れた体勢を立て直し、左手の騎乗槍の鋭い先端をガンドーガ・ソフドへ向ける。すると、騎乗槍自体がチェーンソーブレードに勝るとも劣らぬ勢いで回転しはじめたではないか。

こちらもまたただの騎乗槍ではなく、回転によって更なる貫通力と破壊力を得るドリルランスだったのだ。

これからお前を貫いてやると叫ぶかのような耳障《みみざわ》りな回転音が鳴り響く。

各センサーの精度を最大限に稼動させながら、相手の一挙一動に神経を尖《とが》らせるリネットの耳に、ドラッドノートからの通信が届く。

(照合完了。ファム・ファタール決戦型近接戦闘仕様機・キルリンネ。通常仕様のファム・ファタールより総合性能比三倍以上の機種です。ガンドーガ・ソフドの装甲でも直撃を受ければ、無傷では済みませんよ、リネット)

(忠告感謝します、ドラッドノート。きっちりと責務を果たしてみせますので、教授達の支援をお願いします)

(了解。武運を祈ります)

ドラッドノートとの通信が切れる寸前、天恵姫——キルリンネの握るドリルランスの非回転部位から緑色の光が炸裂《さくれつ》した。

見れば非回転部位には四つの砲口が開いており、そこから圧縮された純魔力の弾丸が、毎分二千発の速度で発射されたのだ。

ドランが好んで使用するエナジー系の魔法と同じ純魔力の弾丸は、砕けた翡翠《ひすい》を思わせる色で、眩《まばゆ》い軌跡を描きながらガンドーガ・ソフドへと迫り来る。

足場の床を砕く跳躍力で飛んだガンドーガ・ソフドは、機体そのものが弾丸と化したかのような速度で広場の壁、床、天井を問わず駆け、ドリルランスからの銃撃を避け続ける。

キルリンネもまた銃撃だけでは敵を撃退は出来ないと判断し、銃撃を継続しながら、翼型の推進機を大きく広げて一挙に加速し、ガンドーガ・ソフドの動きに追従した。

リネットは追ってくるキルリンネを振り返り、両手のソフドブレードの柄尻《えじり》と両腰に残していたソフドブレードを接合して、ツインブレード形態へと変える。回避運動に終始していたこれまでから一転、翡翠色の弾幕の中へと突っ込んだ。ドリルランスの銃口の方向から銃弾の命中箇所を瞬時に割り出し、機体の表面に防御フィールドを圧縮・積層展開。数少ない命中弾をほぼ無効化し、さらにさらにと機体を加速させる。

ガンドーガ・ソフドの両手にある特殊魔法合金製単分子魔法刃『ソフドブレード』は、その黄金色の刀身の煌きだけで空間すら切り裂けそうだ。

ある太陽神を父に持つ半人半神の英雄が振るったとされる剣と同じ名を冠した魔法刃とチェーンソーブレードが、空中に無数の光芒《こうぼう》を描く。

光の中に時折混じる光の爆発は、互いの刃が切り結んだ事で生じる、行き場を失ったエネルギーの炸裂《さくれつ》であった。

空中で、床の上で、壁の上で、あるいは天井スレスレの場所で、残像すら残さぬ速さで飛び回る両機は、瞬く間に百合《ひゃくごう》、二百合と剣戟《けんげき》の応酬を重ねていく。

お互いに全機動全攻撃を最大出力で行なう途方もない消耗戦だが、両機が息切れを起こすのはまだ遠い未来の話であった。

リネットは機体と自身双方の永久機関や高出力機関の恩恵を受け、キルリンネもまた施設からのバックアップを受けている。

リネットは天地の逆転した姿勢から、薄皮一枚のギリギリのところでドリルランスを回避して、反撃の斬撃をキルリンネの左首筋に見舞う。

あどけない顔立ちのキルリンネは自身の命を脅かす攻撃にも、恐怖の色を僅かも浮かべる事はなく、螺旋の動きで回転するドリルランスでリネットの攻撃を弾き飛ばす。

ドリルランスの勢いに呑まれて流されそうになる刃を握り直し、逆手側にある刃をキルリンネの肩口へと叩き込むリネット。

ソフドブレードが肩口の装甲服に浅く斬り込んだところで、両者は互いに離れ、大きく間を開けて対峙し直した。

キルリンネの肩口の装甲服の傷は修復用のナノマシンジェルによって埋まり、既に機能を取り戻している。対するガンドーガ・ソフドも、損傷は皆無だ。

こうしてキルリンネの足止めをしているだけでも、充分に役割を果たしているわけだが、リネット個人としての目標は目の前のキルリンネを含め、天恵姫の確保である。もっと言えば――ドランにさえ言えなかった事であるが――天恵姫達が誰かの命令に従うのではなく、自身で考えて行動出来るようになってほしいとさえ願っていた。

とはいえ、彼女の願い通りになったとしても、今の段階では自我を備えていない天恵姫達は、命令を下す上位者がいなければ、何もせずにその場に留まり続けるだけだが。

（さて、こちらには武装の制限があるとはいえ、ガンドーガとここまで戦えるとは、特別仕様とはいえなかなかになかなかなかですね。出来るだけ早く教授達のもとへ駆けつけたいのですが……）

リネットはちらりと視線を転じる。この場に居るのが自分とキルリンネだけでない事を、彼女は忘れてはいなかった。

これまで戦いを静観し、介入の隙を窺っていた黒ずくめの男女がついに動きを見せたのである。

リネットとキルリンネが動きを止めて対峙するこの瞬間に、これまで息を殺し、殺気を鎮めていた二人のうち、まず男が動いた。

男の手の中にある球体の表面がモゾモゾと蠢くや否や、無数の尖った先端を形作る。

（液体金属？　極小の自律機械の集合体？　魔法ではなく科学寄りの兵器ですね）

「殺《しゃ》っ！」

男の叫びと共に金属球は無数の小さな純銀の鏃《やじり》と変わり、ガンドーガ・ソフドとキルリンネへと射出された。

それと同時に男の服の隙間から、生産区画で見せたのと同じ無数の目と口の生える泥が床へとぶちまけられ、見る間にその領土を広げる。

女もまた動いていた。素早く振るった両腕から十を超す刃が放たれて、ガンドーガ・ソフドとキルリンネを、彼女らを守る防御フィールドごと斬り裂かんと虚空《こくう》を飛ぶ。

ガンドーガ・ソフドは床上に広がる泥から逃れるべく空中へと跳躍し、そのままキルリンネを目指す。リネットの目標はあくまでキルリンネの無力化であった。

キルリンネはガンドーガ・ソフドと激突するまでの僅かな時間の間に、迫り来る刃と鏃、そして床上の泥への対処をした。

背に浮かんでいた翼型の推進機がキルリンネの前方へと動き、圧縮された緑色の光の奔流《ほんりゅう》を放ち、床上の泥や鏃を薙ぎ払っていく。

リネットは目を見開きながら、状況を注視する。

（高出力の魔力砲。推進機兼浮遊砲台というわけですか！）

反射的に飛び退って、魔力砲を回避した男女達だったが、その後を追って魔力砲が連射された。止《とど》めとばかりにキルリンネの腰裏を守る装甲の一部が開くと、親指ほどの誘導弾が発射され、男女へと殺到する。

餌に群《むら》がる肉食魚の如き誘導弾と魔力砲に男女が呑み込まれ、生じた爆炎の中からは苦悶《くもん》の呻《うめ》き声すら聞こえてこない。

常人なら、いや、強靭《きょうじん》な生命力を誇る大型の魔獣でも死を免《まぬが》れない攻撃だ。生きていたとしても、相当に深い傷を負ったのは間違いないだろう。

「隙あり！」

最大速度で加速し、駆《か》け抜《ぬ》け様《ざま》に斬りつけたガンドーガ・ソフドの右手の刃が、キルリンネの盾となった推進機二枚を切り落とす。さらにその場で急停止と急回転を行なった勢いで送った二刃目がキルリンネの目元を覆うバイザーを裂いた。

しかし、眼前を通り過ぎていった切っ先の鋭さにも微塵《みじん》の恐怖も躊躇も抱かず、キルリンネはドリルランスをガンドーガ・ソフドの右脇腹へと突き立てる。

「まだまだ！」

ガンドーガ・ソフドはリネットの思考に従って、万人を魅了するダンサーの如きステップを踏み、ドリルランスに虚空を穿たせた。

その間、両手のツインブレードの接続を一旦解除。分離したソフドブレードが空中に放り出されるのもそのままに、握っていた方の刃をキルリンネの両肩の装甲へ食い込ませる。

さらに、宙を舞っていた二振りのソフトブレードを逆手でつかみ取り、キルリンネの両腰へと三日月の軌跡を描く斬撃を叩き込む。

装甲服の金属繊維と防御フィールドを破り、その下に保護されていた肉に食い込む感触が刃を伝ってきたのを確認し、リネットは三本目と四本目のソフドブレードも手放した。

「貴女の支配を解除します！」

ガンドーガ・ソフドは、ダメージを受けた事で一時的な機能不全状態に陥っているキルリンネの腰に左手を回して抱き寄せる。次いで、右手をその額に当てた。

ドラッドノートと事前に相談していた、対象との接触によって支配権を書き換える機会は、今この瞬間以外にない。

リネットの要請に従い、通信を切った後もこちらの戦闘状況を観察していたドラッドノートが、クリスティーナの傍に侍《はべ》ったままガンドーガを介してキルリンネの制御中枢へと侵入を開始する。

（攻性防御プログラムの起動を確認。囮《おとり》である侵入経路への誘導を確認。制御中枢確認。個体名称キルリンネの支配権限設定箇所を発見。設定変更を開始、作業終了まで……）

微塵も動く事のなかったキルリンネが、支配権限の設定変更完了と共に糸の切れた人形のように脱力した。

その場に崩れ落ちるキルリンネを、ガンドーガ・ソフドの金属の腕が受け止める。

キルリンネの装甲服に食い込んだままのソフドブレードを抜き取り、補修ジェルが再び損傷箇所を修復しはじめるのを確認して、リネットは安堵の吐息を零した。

一方、先程キルリンネから火砲の集中砲火を浴びた男女はというと……鱗や毛皮に覆われた特異な体のあちこちで肉が抉れ、焼け焦げた無残な姿で床の上に転がっていた。

しかし、かすかに身じろぎはしているし、少し見ている間にも急速に傷は埋まっていっている。

このまま放ったらかしにしても死ぬ事はなさそうだ。

「さて、キルリンネはこのままこっそり回収するとしまして、教授達と合流しましょう」

リネットは気を失った――というよりも機能を停止した――キルリンネをいそいそと影の中へとしまい込み、ガンドーガ・ソフドを破られた扉の向こうへと向かわせたのだった。

制御中枢を司《つかさど》っている制御室へと飛び込んだガンドーガ・ソフドの視界が映し出したのは、実に混沌《こんとん》とした状況であった。

極めて広大な制御室は、中心部に床と天井を貫く円柱があり、その円柱へと向けて三方から通路が伸びる構造だ。

通路から床までは二度と見たくないほどの高さがあり、天井もまた異様に高い。

その通路のそこかしこに倒れ伏した天恵姫や黒ずくめの姿がある。今まさに、制御室を奪い合う攻防の真っ只中だった。

肉体から異形《いぎょう》の獣や蟲《むし》を出現させて戦う黒ずくめに対し、天人の残した武装を持って反撃する天恵姫達。そこに交ざって、円柱の麓に高羅斗風の衣装を纏った人間達がいた。

施設を警備していた人間の兵士達と同じく、東方の人種と思《おぼ》しき風貌だが、黒ずくめ集団と戦い、この場に居る事を考えると、轟国でも高羅斗の人間でもないだろう。

「ふむ、となりますと、あそこにいる者達が今回の件の首謀者と判断しました。では教授達は……」

リネットが視線を巡らせると、エドワルドの快活な声が聞こえてきた。

彼は、エリザが展開していると思《おぼ》しき光の防御壁の中で、施設の円柱と繋いだ端末を忙《せわ》しなく操作していた。

「いやいやいやいや、まさかここまで物騒な状況で仕事をする事になるなんて、滅多《めった》にない経験だねえ、エリザ！」

「はい、教授の仰る通りかと」

エドワルドを囲む光の立方体はエリザが信仰するマイラールに祈り、発動させた神聖魔法【ホーリーウォール】だ。

特にアンデッドや魔界の存在に対して有効な神性を帯びた光の結界である。ちなみに、この【ホーリーウォール】自体はマイラールに限らず、大抵の神がもたらす奇跡だ。

エドワルド達の周囲では、ジードやシーラ達が異能をふんだんに行使して、襲い来る天恵姫や防衛兵器、黒ずくめ達の放った魔獣の類を蹴散らし、彼らに寄せ付けまいとしている。

そんな状況を楽しんでいるようにすら見えるエドワルドの姿に、リネットは感嘆《かんたん》の声を漏らす。

「それにしても、この乱戦の最中でもいつも通りに笑っていられるとは、教授とミス・エリザは本当に度胸のある方々です」

戦況を見る限り、黒ずくめ達と施設を占拠している者達との戦力比はそれほどに差がないようだ。

おそらく、占拠者側の最大戦力であるキルリンネをリネットが撃破した事が大きく関与しているだろう。

リネットはガンドーガ・ソフドを飛翔させ、邪魔をしてくる者のみを相手取りながら、最短距離でエドワルド達のもとへ向かう。

彼女には、倒した相手が空中通路から落下しないように配慮する余裕すらあった。

エドワルド達は急速に接近してくるガンドーガ・ソフドの姿に驚きを隠さなかったが、そのリネットが呼び出したものであると思い出し、警戒態勢を解除する。

一方、それまで円柱の傍で何らかの作業を行なっていた者達は、キルリンネが撃破された事を悟ったからか、少数の護衛を連れて通路の向こう側へと退避しはじめた。

「教授、ミス・エリザ、リネットです。先程の天恵姫は無力化いたしました」

「はは、リネット君か、そのゴーレムには驚かされたけれど、無事で何よりだ！」

「シーラ達も健闘しているようですね。教授、作業の進捗はいかがですか？　この状況を鑑みるに、撤退を視野に入れるべき段階に入っていると思いますが……」

「うん、こうして中枢に接触してみたものの、いやいや、私の技術では命令権の書き換えまではちょっと無理だね。権限の変更先の名前くらいは分かったけれど。うん、これはもう撤退だ。ほら、彼らもこの施設の廃棄を決めたみたいだしね」

エドワルドの目には撤収を始めている占拠側の人員が映っていた。黒ずくめ達はそちらの追撃に人員を割いている。

天人の遺産の研究者としてそれなりに知名度があるエドワルドは面が割れているので、後から追跡でもなんでも出来るから、黒ずくめ達も対処の優先度が低いと判断したのだろう。

エドワルドは円柱形のメインコンピューターに接続していたコードを引き抜き、端末の立体画像をしまい込む。

その最中、天恵姫が誘導弾を放ってきた。

しかしそれは、突如方向を転じて壁に激突する。さらに、エドワルドとエリザに足元から迫っていた蛇の頭を持つ百足《むかで》が、流れ弾に当たって四散する。

どちらもエドワルド達を守るシーラが、異能である『不完全改竄《ふかんぜんかいざん》』を用いた結果だ。命中するはずだった誘導弾を命中しなかった事に、エドワルド達に迫るはずだった百足蛇《むかでへび》を近づけなかった事に、因果を書き換えて撃退したのである。

シーラのみならず、メラスもまた、視界跳躍によって、戦場に混乱をもたらしていた。彼女は視界に映した対象の位置を次々と入れ替え、こちらに余計な手出しをする暇がない状況を作り出す。

シーラ達が撤退の為の時間稼ぎに終始している中、一旦、戦いの手を止めていたジードが完全世界の展開を終えて、独特の口調でエドワルドとエリザに呼びかける。

「準備、出来ました。まずは教授、ミス・エリザから、どうぞ」

「すまないね、ジード。さあさあ、皆、お家に帰るまで油断してはいけないからね。このまま上手くいけば全員無傷で帰れるよ」

「ジード、カズール、メラス、シーラ、リネット、あなた達も早く来てください」

エドワルドとエリザが完全世界に入るのに続いて、カズールとメラス、シーラも中へ。

黒ずくめ達の中には完全世界の存在を感知出来る者が居るかもしれないが、撤退を最優先に行動すれば、逃げ切れるだろう。

「リネット、君も、早く中へ」

「いえ、リネットはここで殿《しんがり》を務めます。急速に接近する熱源反応を複数感知しました。轟国側に指揮権が残っていた天恵姫です。交戦中のようですが、まもなくこの制御室へと姿を見せます。ジードは早く教授達を外へ」

「しかし、それは……いえ、分かりました。また貴女に、任せてしまう事になるとは、情けない、です。リネット、どうか、ご無事で」

言葉通りに、心底から情けないという表情を浮かべたジードが完全世界の中に入った。

その姿が消えるのを見届けてから、リネットはガンドーガ・ソフドの中で密やかな笑みを浮かべていた。

「貴方がそういう言葉を言えるようになった事を、リネットは嬉しく思います。貴方達を逃がす為の犠牲になどなるつもりはありませんので、安心してください。さて、マスタードランへの手土産がキルリンネだけでは少々物足りなかったので、リネット的にはありがたい展開ですが、ふむふむ」

リネットが二度目の〝ふむ〟を呟いた時、制御室の天井付近の一画が、爆炎と共に吹き飛んだ。

破片と爆炎の中を突き破り、二つの人影が制御室の中へ飛び込んでくる。

一つは、通常の天恵姫よりも大人びた顔立ちに、キルリンネと同じデザインだがこちらは青い装甲服に身を包んだ個体。右手に長い銃身のライフルを、左手には六本の銃身を束ねたガトリングガン、さらに背中からは金属の翼と共に二本の砲身が伸びている。キルリンネと対《つい》を為《な》す砲撃戦仕様の決戦型ファム・ファタール『ガンデウス』だ。

リネットはドラッドノートから送られてきた情報から即座に判断を下した。

そしてもう一つの影は、ここに至るまでガンデウスと戦ってきた響海君直属の天恵姫・紫苑であった。こちらも通常の兵装ではなく、ガンデウスに負けず劣らずの重武装。右手には長大な刃の付いたライフルが握られ、左手には分厚い灰色の盾で身を固めている。さらに、背から伸びる二本のフレームにはガトリングガンを備えた盾が付けられ、腰の左右にも何かしらの砲身が見える。

「響海君殿下も思い切った事を。手元に残っていた天恵姫達による奇襲で、管理施設の奪還とは、一歩間違えれば残っていた天恵姫も失う最悪の結果になりかねないところなのに。とはいえ、今回は英断と称える場面ですね」

周囲の反応を確認しながら、リネットは独りごちた。

紫苑以外の高羅斗に残った天恵姫達もこの施設に突入して、各所で戦闘が発生している。

占拠側の人員が撤収しつつある事もあり、高羅斗による施設の奪還はまず成功の段階へと進んでいた。

占拠していた者達は施設を破棄するのと同時に自爆命令を残していったが、ドラッドノートが即座に介入して、解除に成功している。

占拠していた者達の正体こそ掴めなかったが、これで高羅斗が轟国に一方的に圧倒される展開は防げるだろう。

「教授達が充分に離れるまでの時間稼ぎが目的ですが、どちらか一人は連れ帰らせてもらおうと考えるのは、さて、欲張りかもしれませんね」

リネットとまだ残っている黒ずくめ達の姿に気付き、ガンデウスと紫苑が戦闘態勢を改める。

リネットもまた戦況の再分析を重ねた結果、これだけ開けた空間のある制御室では、ガンドーガ・ソフドの武装は適さないと判断を下した。

「では、お客様に合わせてこちらもお色直しとまいりましょう」

ガンデウスと紫苑が動き出すよりも早く、ガンドーガ・ソフドの足元にある影が生き物のように蠢き、瞬《まばた》きする間に機体を呑み込んだ。

その中で、ソフドを構成する部品が、収納されていた他の部品・武装へと換装されていく。

四枚の大きな翼を背中から伸ばし、脚部にも小さな翼を思わせる部品が三枚一対装着されている。

右手には巨大な戦斧《せんぷ》の刃を備えたライフルを握り、白を主に紫の色彩を散らした装甲を持ったこの形態は、空戦能力を重視したガンドーガ・カナフ。

姿を変えたガンドーガを、別の天人の遺産、あるいは占拠者勢力の持ち込んだ兵器と判断したのか、ガンデウスのみならず、紫苑までも明らかに戦闘態勢を整える。

しかし、リネットはこれを好都合と判断した。

今でこそ高羅斗とアークレストは協力態勢を築いているが、今後どう転ぶかは分かったものではない。

ならば、高羅斗の最高戦力の一つであろう紫苑の戦闘能力を把握しておく価値はあるだろう。

高羅斗勢力の早すぎる参入は、黒ずくめの勢力達にとっても予想外だったのか、仲間の遺体を回収しながらこの場を去る動きを見せている。

どうやらこの施設が高羅斗に戻るのならばそれでいいという考えらしく、黒ずくめ達にとっては無理に占拠するほどの価値はないようだ。どちらかといえば、占拠者達の正体を探る方こそが重大な目的であったたか。

それはリネットにとっても都合が良いので、彼女は撤収の動きを見逃した。

この場に残るのは、人間の都合によって作り出され、人間の都合によって戦う事を選んだ二名——ガンデウスと紫苑と、自分の意志で戦いを選択したリネット。

奇異なる共通点を持った三名が縁《えにし》の果てに向かい合い、今、戦いの火蓋《ひぶた》が切られようとしていた。

リネットと紫苑とガンデウスと、この三人がお互いの存在を認識してから次の行動に移るまで、躊躇などというものは欠片もなかった。

これまで紫苑と交戦していたガンデウスが、右手のライフルを紫苑へ、左手のガトリングガンをリネット——ガンドーガ・カナフへと向けて容赦なく弾丸の雨を浴びせる。

撃たれる前に回避行動を取っていたガンドーガ・カナフを追って、黄色い荷電粒子の銃弾が降り注ぐ。

外れた弾丸が施設に直撃したが、壁面に生じた青白い障壁に阻まれて、被害は出なかった。

「ふむふむ、なるほど、では出力調整に注意を払いつつ、反撃といきましょう」

黒ずくめの者達は既に大部分がこの場所からの退避を終えつつあり、ジードの完全世界に避難したエドワルド達も既にこの場を去っていた。

流れ弾が守るべき対象に当たるという危険は考慮しなくてもいい状況だ。

ガンデウスに応戦して、紫苑も射撃を開始する。

背中から伸びるフレームに搭載されたガトリングガンと右手のライフル、腰の左右の砲身から荷電粒子砲やら、レーザーやらを雨あられとばら撒く。

見る間に指令室の空間が、色鮮やかな流星や光線の乱舞する危険地帯へと変わった。

部屋の中央を貫く円柱と三方から繋がる通路の間を縫《ぬ》うようにして飛翔する三機は、一瞬の停滞も許されない高機動射撃戦を演じ続ける。

手札の多さではガンデウスと紫苑はそう変わらずといったところだが、素体《そたい》となった天恵姫としての性能においては、紫苑よりも決戦仕様であるガンデウスの方が上だ。

一方、ライフル一丁のガンドーガ・カナフは、これらに比べて武装の数でこそ劣るものの、装甲性能、加速性能、旋回速度諸々で一歩勝っている。

しかし、性能差があるとはいえ、この乱戦状態ならば一度の判断の誤りで撃墜《げきつい》に繋がるだろう。

リネットは擬似神経を通じて伝わる情報の精査に集中しながら、最優先の狙いをガンデウスに定めていた。

紫苑は高羅斗が現有する貴重な戦力である為、無力化して制御を奪う事は国際的な問題に発展しかねない。

ならば、一度乗っ取られているガンデウスの奪取を狙う方がまだ問題は少ないだろう。それに、既にキルリンネも確保しているのだから。

ガンドーガ・カナフの持つ魔力収束銃『タスラム・レイ』から魔力の弾丸が次々と放たれ、互いに撃ち合う最中の紫苑とガンデウスは、それまでの機動を歪めて回避を強要された。

タスラム・レイ一発一発の破壊力は成竜を一撃で絶命させる高出力を誇るので、ガンデウスと紫苑を守る防御力場を容易に貫通するのだ。

一旦、攻撃の手を緩めて回避を優先した隙を見逃さず、リネットはガンドーガ・カナフに最大加速を命じて、こちらの斜め上空に位置するガンデウスへと接近する。

リネットに狙いを定められた事を悟ったガンデウスは射撃で牽制しながら離れる動きを見せた。

圧縮された魔力や電磁加速された金属製の弾丸による弾幕を形成し、ガンドーガ・カナフの接近を阻まんとする。

さらに、ガンドーガ・カナフの背後や左右から、目まぐるしく位置を変える紫苑が砲撃を加える。

リネットは恐怖の一片とて抱く事なく、壁の如く濃密な弾幕の中に飛び込み、急制動、急停止、急加速を立て続けに行ない、回避し続けた。

一つ一つの挙動ごとに凄まじい負荷が機体とリネットに襲い掛かるものの、搭載された慣性制御機能が打ち消して、負荷を限りなくゼロに近いものへと変える。

常人が搭乗者を保護する機能なしにこの機動を行なえば、全身の血管の破裂はもちろん、骨折どころではすまない。まさに殺人機動だ。

リネットはどうしても回避しきれない攻撃のみに防御力場を集中展開して、損傷を最小限に抑える。

リネットは既に、相対する他の二人の攻撃パターンを解析し、ガンデウスに一撃を浴びせる手順を組み立て終えていた。

ちょうど背後に回った紫苑からの砲撃を、積層防御力場で十分の一秒防ぐ。その間に機体の慣性制御と重力制御を推進力に割り振り、さらに風の精霊力に干渉して加速を重ねる。

ガンドーガ・カナフは、地上に生じた流星の如く虚空を飛翔し、歪《いびつ》な螺旋の軌跡を描き、機体を捻り込みながら速度で劣るガンデウスの背後を取った。

ガンデウスが反応するよりも早く、ガンドーガ・カナフの振り上げたタラスク・レイの戦斧が、ガンデウスの背中を覆う装甲を切り裂き、二門の砲身を根元から切り飛ばす。

火花を散らす背中に追撃の蹴りを叩き込まれたガンデウスが落下していく。

「中破といったところですか。戦闘はまだ継続可能でしょうけれど！」

この一瞬に照準の補正を終えた紫苑からの砲撃が、ガンドーガ・カナフに降り注いだ。

リネットはこれに回避ではなく、タスラム・レイの連射で応じる。

両者の間で数珠繋《じゅずつな》がりの爆発が発生し、熱と光が一時的にセンサー類の動作を乱した。

それでも紫苑から攻撃は続くが、リネットは目標の優先度を変える事はなかった。つまり、ガンデウスの無力化ならびに鹵獲《ろかく》である。

リネットは円柱の反対側で応急処置に勤《いそ》しんでいるガンデウスの位置を捉え、急接近。これに反応し、ガンデウスが背中の損傷した部品を切り離す。

空中戦闘能力と火力が著《いちじる》しく減じるが、損傷したままの部品を背負って戦う不利を考慮した上での判断か。

ガンデウスの無力化にはもう一押し。リネットはさて手加減の具合はどれ程だろうかと考えながら、タスラム・レイを長柄斧として構える。

降下したガンドーガ・カナフは、指令室の床に立つガンデウス目掛け、多少の被弾をものともせずにガトリングの銃弾の中を突っ切る。

装甲の強度と、膨大な出力が可能とする防御力場の多重同時展開が、自殺紛《じさつまが》いの無茶な突貫も立派な戦術へと仕立て上げるのだから、敵対者からすれば理不尽《りふじん》そのもの。

ガンデウスは、刃が届く距離にまで迫ったガンドーガ・カナフの懐に飛び込み、胸部を狙って高周波ブレードを突き出して応戦する。

疾風《しっぷう》を追い越す速度の刃だったが、ガンドーガ・カナフは機体を捻り込み、宙返りの姿勢で回避する。足が天を向き、頭が床を向く上下逆転した体勢から振り下ろされたガンドーガ・カナフの戦斧が、ガンデウスの左肩に深く食い込む。

切り裂かれた金属の部品のみならず、幾許《いくばく》かの血飛沫《ちしぶき》が空中に舞った。

それでも表情を変えぬガンデウスの首筋を、ガンドーガ・カナフの左腕が掴む。このまま小枝のように首を折る事は可能だ。

しかしそれは、リネットの目的ではなかった。キルリンネ同様に、ガンデウスに下されている命令を撤回し、指令系統の初期化を早急に始めなければならない。

「目標に接触。ドラッドノート、支配権の初期化作業を」

今はクリスティーナの腰に提げられているドラッドノートから、距離を超越した通信が即座に返ってくる。

天人文明よりも古い超先史文明の超兵器は、求められた作業を極めて迅速に実行した。

(了解。ちなみに、エドワルド達は既に施設から離れています。ガンデウスを確保後、貴女も即座に離脱を)

ドラッドノートからの干渉により行動を停止したガンデウスを押さえ込んでいる為、ガンドーガ・カナフは一時的に動きを止めざるを得ない状態だ。

紫苑は既にセンサーの沈黙状態から復帰しており、これを好機とばかりに武装の全てをリネット達へと向けている。

「確かに、今が狙い時ですが、空気を読んでほしいとリネットは切に願います！」

容赦なく油断なく放たれた無数の砲弾に対して、リネットは速射モードに切り替えたタスラム・レイで応戦し、可能な限り撃ち落とす。

合わせて、自機とガンデウスを守る防御力場を展開して砲火を凌ぐ。

回避行動を取れないという足枷《あしかせ》がありながらも、リネットはガンドーガ・カナフから伝わってくる情報の津波を必死に捌き続けていた。

半球状に展開された防御力場の境界に沿って爆発の光が覆い尽くし、指令室にも被害が及びかねないほどの砲撃が集中する。

しかし、永久機関内蔵のガンドーガ・カナフは、エネルギーの消費量が生成量を上回らない限り、半永久的に活動が可能だ。

防御力場の展開や修復に要するエネルギーはまだまだ許容範囲であるから、この硬直状態が続く事は問題ない。

〝問題ない〟が〝問題がある〟に変わる可能性が最も高いのは、施設の奪還の為に潜入した高羅斗側の他の天恵姫達が援軍に駆けつけた場合だ。

無論、リネットがドランと繋げている〝パス〟を通して力の供給を得れば、天恵姫が億千万に数を増やそうとも容易に対処出来る。

しかしリネットには、今回の天恵姫に関わる事態は極力ドランの手を借りずに解決したいという思いがあった。彼女自身、その拘《こだわ》りがつまらないものだと自覚していたが、しかし、どうしても譲りがたいものである事も否定し難い。

——どうにか紫苑に反撃の一発を叩き込み、ガンデウスを抱えて逃げるだけの猶予《ゆうよ》を確保するべきか？

リネットが思案したまさにその瞬間、咽喉から手が出るほど欲していた言葉をドラッドノートが発した。

(ガンデウスの初期化が完了しました。リネット、急ぎ撤退を)

「了解しました。本施設より撤退します」

言うが早いか、それまで押さえ込んでいたガンデウスを影の中に放り込み、ガンドーガ・カナフは全力で後退する。

そのまま一目散に通路の一つに機体を飛び込ませると、出力を増したタスラム・レイの魔力弾を放ち、通路の天井や壁を崩落させて通路を塞ぐ。

追跡が困難と判断すれば、紫苑の優先順位はリネットの追撃から施設の占拠へと戻るだろう。そして、そのリネットの判断は正しかった。

一切速度を緩める事なく施設の中を飛び続けるガンドーガ・カナフを追ってくる者は見られない。

施設内部にいた占拠勢力と黒ずくめの者達は、死体となった者以外は全て脱出したようだ。

地上に近い箇所に達したリネットは高出力のタスラム・レイで天井に大穴を開けて、地上へと脱出する。

早急にエドワルド達に連絡を取り、合流しなければならない。

改めて機体の状況を確認しながら、リネットはそれにしても、と呟く。

「それにしても、あの黒ずくめ達は轟国だとして、占拠していた勢力はどこの者達なのでしょう？ロマル帝国よりさらに西の勢力かそれとも南、あるいは……」

リネットは北に目を向ける。

峻険《しゅんけん》にして巨大なるモレス山脈により隔《へだ》てられた北の大地を。

今回の潜入の成果は、エドワルドがメインコンピューターから得た情報と、リネットが自らの願望によって拘束したキルリンネとガンデウスの二人だ。

リネットは、先に避難していたエドワルド教授達と合流し、一路アークレスト王国へ帰還の途に就いた。

エドワルド達は情報を整理し、スペリオン王子を通じてアークレスト王国に今回の事態の背後関係に至るまでを報告する為、ガロア経由で王都へ向かう。

そしてリネットは、ガロアで彼らと別れて、ベルン村にて待つ主人ドランのもとへと向かったのだった。

第四章——予兆

リネット達が帰国したのとほぼ時を同じくして、アークレスト王国とは異なる場所で、ある者が今回の事態の経緯と結果を受け取っていた。

場所は轟国の首都『麗陽《れいよう》』。人口五百万を数える、この惑星のこの時代において最大級の都市である。

天人の支配からの解放よりここを首都として轟国は栄え、歴史を重ねて今に至る。

四方へ侵略の手を伸ばし、併合《へいごう》し、強奪し、殺戮《さつりく》し、懐柔《かいじゅう》し、共存し、吸収し、そして支配してきた国の心臓にして頭脳、それが麗陽だ。

轟国の版図《はんと》の中でほぼ中心に位置するこの都市には、常に数多くの人々が足を運び、出入りを繰り返す。夢、欲望、希望、熱意、悪意……およそ人間の抱き得る感情の全てが渦巻《うずま》く坩堝《るつぼ》とも言えるだろう。

そんな巨大都市ではあったが、北端に位置する王宮はもとより、三方へと広がる市街の外縁部に至るまでが計算され尽くし、整然とした美しさ、機能美を有していた。

通りに面する店は五階建て、六階建てで黄金の看板を掲げた大店《おおだな》から、看板も値札も手作りの庶民向けの屋台や露店まで大小様々だ。

瓦屋根や門を支える柱の彩りも鮮やかで、色の組み合わせによって布問屋や薬種問屋、宿屋、飯店、医院、娼館などに分かれるようだ。

驚くべき事に、およそ貧民街と呼ぶべきものは存在しない。

都市の拡大や歴史の変遷《へんせん》により一時的に生じはしても、全て王宮の官僚達が練り上げる都市機能と外観の美を両立させた計画に呑み込まれて、波間のあぶくの如く消えてしまう。

東に秋津、南にマシュール諸島連合、西には高羅斗とガンドゥラと、三方に敵を抱えた轟国であるが、麗陽に戦争の気配はまるで感じられない。

ここに住まう人々は戦など遠く聞こえてくる風の噂の出来事とばかりに、変わらぬ日々を過ごしていた。

碁盤《ごばん》の目のように規則正しく交差する大小無数の通りは、色鮮やかな民族衣装を纏った住民で賑わっている。

行き交う人々は、大陸東方の人間種の民族だけではない。猫人、犬人ら代表的な獣人は言うに及ばず、蛇人や蜘蛛人に蜻蛉人、甲虫人など、人種も様々。中には巨人やエルフにドワーフ、リザードといった、亜人と呼ばれる種族の姿もあった。

少なくとも種族による理不尽な就労や婚姻などの差別がないのは、通りを歩む人々の種族を問わぬ平穏な雰囲気から見て取れる。

天人の歴史に終止符を打ち、その遺産の多くを受け継いだこの国が、この大陸のみならず惑星規模で見ても五指に入る大国である事実は、疑いようがない。

そんな首都麗陽の通りの一つに、繁盛《はんじょう》している茶房があった。

二階建ての茶房では、恰幅《かっぷく》の良い主人夫婦と愛想《あいそ》の良い店員達が腕を振るい、控えめに設定された値段からは想像出来ないほどに美味《びみ》な点心やお茶を楽しめると評判だ。

今日も商談中の商人や時間の空いた学生、休憩時間の職人達が店に入り、席はほとんど埋まっている。

二階の奥まった場所にいくつかある個室の一部屋で、少し周囲とは雰囲気の異なる奇妙な男女が食事をしていた。

朱色に塗られた壁に囲まれた部屋の中央に置かれた円卓の上には、多種多様な点心を納めた蒸篭《せいろ》が所狭しと並んでいる。

円卓に着いているのは、艶々とした光沢の美しい青染めの服に丸々とした体を押し込めた、五十代始めごろと思《おぼ》しい、なんとも愛嬌《あいきょう》のある顔立ちの男性。そして、彼とはまるで正反対の切れ長の眦《まなじり》に紫水晶を思わせる瞳を持つ、男装姿の凛とした美女の二人だ。

「ほう、ほう、ふぅむ」

男性は次から次へと円卓の上の料理に手を伸ばして口の中に放り込み、じっくりと一噛み一噛み、口の中に広がる幸福を堪能している。

ぷっくりとした頬肉が、一口毎にプルプルと震えて――はてさて、この御仁《ごじん》の体は寒天か何かの菓子で出来るのかと、疑問に抱いてしまいそうなほどだ。

目の前の主人が幸せそうに料理に舌鼓《したつづみ》を打つ様子を、どうやら護衛か何からしい美女は顔面の表情筋一つ動かさずに見守る。

実際のところ、内心では主人に負けず劣らず幸せな気持ちで満たされていたが、しかし――と、美女は自らを叱咤《しった》して思考を切り替える。

わざわざ市井《しせい》のこの店に足を運んだのは目の前の主人の完全なる趣味とはいえ、ここでしなければならない話があるのだ。

「萬漢様《まんかん》、落ち着かれたところで、そろそろ……」

円卓の料理が半分ほど消えた頃を見計らい、美女は主人の仮初《かりそめ》の名を呼んで話を切り出そうと試みる。

幸いにして、主人は長い付き合いの美女の言葉を蔑《ないがし》ろにするほど鈍感なわけではなかった。箸《はし》を置き、濃いめのお茶で口内に残る脂《あぶら》を綺麗に洗い流して、一息を吐く。

「うむ、本題に入る頃合じゃのう。それにしても相変わらずの美味。これならこの店は向こう十年は安泰《あんたい》じゃ」

「萬漢様」

「おっと、つい口が思わぬ方を向いてしまったの。許しておくれ、黄花《こうか》」

大店の気の良い主人か慈善家という印象がピタリと当てはまる、のほほんとした萬漢の口ぶりだった。

黄花はそれ以上追及せず、少しだけ目を細めて主人の顔を見つめる事で返事とする。

その視線だけで百人でも千人でも切り伏せられそうな、名刀さながらの鋭さを覗かせる黄花に、萬漢はうぉっほんとなんともわざとらしい咳払いをした。

「内緒話を暴《あば》きたてようとする無粋な耳と目は塞げておるのかの？」

「ご懸念なく。たとえかの国の千里時空眼であろうとも、深き霞《かすみ》に呑まれて何も見通せなくなる術を部屋に仕掛けております」

「お主が申すのであればそうなのであろうの。何者かが天恵姫の支配権を奪取し、我が国との戦に混乱をもたらした件、思わぬ転び方をしたが、概《おおむ》ね考えていた通りの着地になったものよのう」

「確かに、発端《ほったん》こそ我らにも把握しかねるものでありましたが、決着は萬漢様の言われる通り高羅斗のもとへ天恵姫が戻る形となりました。しかし、天恵姫を取り戻すまでの間に高羅斗側の戦線に生じた混乱と、その過程で失われた天恵姫の数、離反の再発を予防する為の支配権の完全移行作業に掛かる手間や人員。これらが高羅斗にとって大きな痛打となった事に変わりはありませぬ」

これまでの会話から、どうやらこの萬漢と黄花は、轟国の中でも相当な地位にある人物であるらしい。

ほんの数日前に紫苑を筆頭とする高羅斗に残った天恵姫達によって管理施設が奪還されたばかりだというのに、極めて鮮度の高い情報を得ている。

「四凶将の配下にも相応の被害が出たと聞く。戦死者とその遺族には手厚く報いるようにな。無論、手配はしておろうな」

「はい。間違いなく」

「ふむ、彼らの職務上、表立っては悼《いた》んでやれぬのが、なんとももどかしいのう」

「萬漢様のそのお言葉だけであの者達も報われましょう。して、件《くだん》の施設を占拠した者達ですが、可能な限り追跡した範囲では、どうやら北の方角へと逃亡したとの事。転移の術にて姿を消しました故、逃げた方角はあまりあてにはなりませぬが……」

「見事に雲隠れしおったのう。しかしあそこまで手際良く天人の施設を扱ったのじゃ、それが可能なのはこの星の上では我らか、今は亡き大魔導《だいまどう》バストレルくらいのもの。あるいはどこぞに生き延びておった天人の子孫か……？　どれも警戒せねばなるまいなあ」

「はい。既に四神将並びに四霊将《しれいしょう》には秘匿第二級警戒態勢《ひとくだいにきゅうけいかいたいせい》を取るよう通達してございます。白虎と玄武に関しましては、高羅斗とガンドゥラとの戦もあります故、いささか酷な命令となりましょう」

「うむ。だが、星の海の向こうからまたぞろ薄汚い侵略者が来たという可能性は低かろう。そうであれば、月の兎人《うさぎびと》や蟹《かに》達が大騒ぎをするはずじゃし、地上の三竜帝三龍皇《さんりゅうていさんりゅうおう》も動く」

「三竜帝達でも気付く事の出来ない相手という線もありますが？」

黄花の言葉に、萬漢はムスっとした顔になる。

つるつるとした肌とぷくぷくとした顔立ちの効果で、実際の年齢は五十路《いそじ》のはずなのにひどく子供っぽい。

「意地の悪い質問よのう。三竜帝三龍皇の目を誤魔化せる存在が相手では、我が轟国と他所《よそ》の国が手と手を取り合ってもどうにもならぬよ。竜王級ならばお主達で相手取る事は出来るが、目下そこまでじゃからな。それにしても、三国同盟との戦で済む話でない事は分かっておったが、さらに一枚二枚と誰ぞが噛もうとしおってからに。事態がややこしくなってきおったわ。存外、高羅斗が手強いのはもとより、あそこの三王子全員に気骨《きこつ》があったのがいかん」

「こちらに協力すれば王位に就ける――定番ですが極めて効果の大きい誘い文句にも乗ってきませんでしたからね。我らかが接触した証拠を暴露《ばくろ》して、謀反《むほん》の疑いで処刑させようと仕向けても、早々に誘いがあった事を告白し、未然に防いでしまいましたし。重臣の幾人《いくにん》かにはまだ鼻薬が効いてはいますが、それほど役には立たないでしょう」

「……であるな」

萬漢は相槌《あいづち》を打ち、空の湯飲みに新しい一杯を注いで咽喉を潤《うるお》した。

「秋津とは休戦して、これからは外ではなく内を見ようとした矢先の戦じゃ。まったく、忌々《いまいま》しい時期に仕掛けてきおったものよ。だが今回の天恵姫の離反であちらの反攻の機会が潰れた。多少の譲歩は必要じゃろうが、ガンドゥラとマシュールとはそろそろ手打ちに出来ようよ。ガンドゥラは二大神の神器をもってしても玄武と我が軍を打ち破れぬと悟ったし、マシュールも海上封鎖のもたらす不利益を計算しはじめる頃じゃろう。当然、高羅斗は同盟の維持を持ちかけるであろうな。そこからは、より一層外交と謀略《ぼうりゃく》の搦《から》め手《て》の活躍の場が増えるわ」

しかし、萬漢は納得のいかぬところがあるのか、不機嫌という程ではないものの、晴れやかとは言いがたい表情だ。

長い付き合いの黄花には問うまでもなく彼が心中に抱える懸念が読み取れた。そしてそれは、黄花も気になっていた事だった。

「我々と同時に侵入していたアークレスト王国の学者エドワルドと、正体不明のゴーレムないしは魔装鎧が気掛かりなご様子ですね」

「エドワルドはよい。かの者が熱意と能力のある学者である事は前から分かっておった。しかし、ゴーレムとなるとさっぱりじゃ。エドワルドと行動を共にしていたなら、アークレスト所属の新型ゴーレムか魔装鎧かと思うが……」

萬漢はしばし考え込んでから続ける。

「天恵姫のハイエンドモデルを相手に終始優位に戦えるほどのものをアークレストが作ったとならば、これは軍事的な脅威と言わざるをえん。天恵姫やガンドゥラの神器と違って、量産出来るからのう」

「アークレストへの間諜《かんちょう》の数を増やし、かの国の動向をこれまで以上に監視する他ないかと存じます」

「アークウィッチがその才覚を示した時以来かもしれんな、この厄介さ加減は」

「萬漢様と我が国であれば乗り越えられない壁ではないと思いますよ。さて、そろそろお帰りになられませんと。萬漢様が陛下へとお戻りになられる時間が近づいております」

「ううむ、では、残りの料理を片付けてから、大急ぎで帰るとしようではないか！」

萬漢はそう意気込むと、程よく冷めた残りの料理の皿に箸を伸ばしはじめる。

その様子を見て、まだまだ余裕がおありのようだと、黄花は安堵と呆れを半分ずつ混ぜた溜息を零すのだった。

†

天恵姫の遺跡を巡る攻防にて、高羅斗でも轟国でもない謎の勢力。彼らもまたこの度の事態の結果を受けて、新たな行動を起こそうとしていた。

アークレストの国王も、ロマル帝国の皇女と皇弟も、轟国の皇帝も知らぬ、どこかにそれはあり、彼らはそこで生きていた。

透明な素材の扉の先にある、黒曜石《こくようせき》を思わせる黒い床は、一点の傷や曇りも許さぬ異常な拘りで磨き抜かれたかのように輝いている。

その上から玉座の足元まで続く絨毯は、一見して緋毛氈《ひもうせん》のようだが、はるか頭上のステンドグラスから差し込む光を反射する輝きはルビーを思わせる。

千人を収容してもなお余裕のあるこの広い空間に今存在するのは、ただ二つの人影だけ。

直視する事を許さない威圧的な神聖さを醸す黄金の装飾で構築される玉座には、小柄な少年が座している。

陽光に輝く海原を思わせる光の粒を纏う青い髪に、異様に白く皮膚の下の血管が青く透けて見えている肌、この世で最も美しい黄金と感嘆の吐息を零さずにはいられぬ金の瞳。

ひたすらに眩く、相対した者の心を惹きつけて止まぬ〝少年の形をした輝き〟とでも呼ぶべき、整い過ぎた容貌の少年だ。

少年の足元にて片膝を突いて頭を伏しているのは、多く見積もっても二十四、五を超えぬ女性である。緋色の髪に大小無数のエメラルドとサファイアを象嵌《ぞうがん》した髪飾りで留め、けぶるように長い睫毛《まつげ》の奥にアメジストの瞳が光る。

玉座に座しているのが、少年の形をした輝きであるのならば、こちらは宝石の如き美女と評すべきか。

「天意《てんい》聖司《しょうし》第三席ジュルエより、聖法王《せいほうおう》陛下へご報告申し上げます」

一切の穢《けが》れた音は許さぬ、ただ静寂であれ、ただ神聖であれと命じられていると思わせる静かな空間に、女――ジュルエの声が鐘《かね》の音《ね》のように響き渡る。

宝石の輝きを音に変えたならこうなるだろうと万人に空想させる、美しい声だった。

二人の間にどれだけ立場の差があるのかは不明だが、彼女がこの聖法王にダイヤモンドよりも強固な忠誠心と崇敬《すうけい》の念を抱いているのは明白である。

聖法王と呼ばれた少年は鷹揚《おうよう》に頷き、ジュルエに報告を許した。

「申してみよ、ジュルエ」

うっとりと聞《き》き惚《ほ》れずにはいられぬ至高の旋律《せんりつ》が、聖法王の花びらを思わせる唇から零れた。

耳から伝わる感動の波濤《はとう》に一度だけ体を震わせて、ジュルエは視線を絨毯に向けたまま言葉を続ける。

「はい。高羅斗国内で発掘されていたファム・ファタールシリーズに関する工作は、轟国の四凶将並びに高羅斗に残留していた天恵姫、アークレスト王国の考古学者の介入により中断。施設を放棄した上で、工作を担当した天影《てんえい》は現在帰還の途についております」

「そうか。だが、見事に役目を果たしてきてくれたようだな。天人の遺産を受け継ぐ轟国と、利用しているだけに過ぎない高羅斗の実情の調査は、施設を放棄したという結果からでも、ある程度推察が出来る。アークレストの考古学者については、スラニアの一件に絡んだ者か？」

「はい。昨年、第四十七号天空実験都市スラニアが消失する運びとなった件に関わった者でございます」

「天人の研究に血道《ちみち》を上げる者は多いが、実際に生きた遺産に触れる事の叶う者は稀《まれ》である。なればその者は天運を持つ者と言えよう。直接関わらずともよい。動向の把握だけをせよ。そうすれば、その者を監視している高羅斗や轟国の者共の動きも図れる」

「御意《ぎょい》にございます」

「此度《こたび》の一件を受け、天人、星人、そして古《いにしえ》の超先史文明の遺産を食い漁る者達が反応しよう。炙《あぶ》り出しには充分だ。ジュルエ、聖戦は変わらず継続中である。貴卿らには苦労を掛ける。これからも我らの神のもたらす試練、試練を超えた後、地上に生まれる楽土、築かれる浄土、そして永遠に続く楽園の礎《いしずえ》となる為に……」

「このジュルエのみならず、陛下と神の慈悲によって生きる我らにとって、自明の理、天命にございます。どうぞ我らをお導きくださいませ。我ら、聖法王国の民全てが陛下のご意思に、全身全霊をもって――そして、至上の喜びをもって従いまする」

ジュルエが口にした言葉には一片の偽りもなく、まさしく文字通りの意味であった。

この『聖法王国』と呼ばれる社会に属する者達は、この上ない名誉と幸福に笑みを浮かべながら、老若男女を問わずに命を捧げる。

この国は、そういう国なのだ。

「では、かの国、ルーシスク帝国といったか。あの国の状況はどうなっている？　そろそろあの国も我らの親愛なる家族となる頃合いと思うが……」

慈愛に満ちた笑みで問う聖法王は、既に答えを知っている様子だ。ジュルエもそれを分かり切った顔で口を開く。

「本日、救世の雨が降る予定でございます」

「そうか。ならば、彼らは我らの真の家族となるのだ。心より嬉しく思う。我らの神の教えを共に奉じる同胞の誕生に祝福を」

†

聖法王国ともアークレスト王国とも異なる場所で、雨が降っている。

氷のように冷たく、濡れる者の体ばかりか心までも凍りつかせる雨だ。

真っ黒い雲から無数の白い糸が何百万、何千万と一斉に垂らされているかの如く、雨が絶える様子はない。

雨糸《あまいと》とでも許すべき天候の下では、争いが繰り広げられている――いや、繰り広げられていた。

岩も土も草花も白い雪に覆われた凍土の中に、広大かつ壮麗《そうれい》な城塞都市《じょうさいとし》が存在しているのだが、その周囲を十重二十重《とえはたえ》と異国の軍勢が取り囲んでいる。

また、都市内部の各地でも、雨の勢いで消えかかっているものの、黒い煙と火の手がちらついている。

アークレスト王国には名前しか伝わっていない、暗黒の荒野のさらに北に存在する大国――ルーシスク帝国の帝都、リューリの光景だ。

リューリを守る帝国兵達は、ブルーミスリルを用いた蒼銀《そうぎん》の鎧を纏い、勇敢《ゆうかん》に侵略者達と戦っていたが、その勢いも今はない。

皇帝一家の住まう宮殿にまで侵略者の手が伸び、陥落《かんらく》した今とあってはこれ以上の抵抗に意味を見出せない者達が増えていた。

ルーシスク帝国は今まさに、敗戦を迎えたのだ。

しかしどういうわけか、こうした戦の後によく見られる光景が、この帝都では一切発生していなかった。

たとえば、逃げ遅れた住民や投降した兵士達への暴行に虐殺《ぎゃくさつ》、略奪《りゃくだつ》、強姦《ごうかん》といったおぞましい振る舞いが一切行なわれておらず、都市がこれ以上破壊される様子もまるでない。

それればかりか、投降した帝国兵に対して、侵略者の兵士達が無防備にも武器を収め、まるで彼らが親しい友人や肉親であるかのように、微笑みを浮かべて近寄っていく。

さらに奇妙な事に、そんな親愛の情を向けられている帝国兵達までもが同じ笑みを浮かべて、差し出された手を握り返すではないか。

傷を負った者は敵味方の区別なく等しく治療が施され、侵略者達に見つからぬようにと隠れていた帝都民達も安心しきった表情で姿を見せる。しかも、彼ら全員が率先して、喜びすら滲ませて兵士達を手伝うのだ。

そんな、先程まで命懸けで殺し合いをしていたとは思えない帝国兵達が、不意に自分達の装備に施されたルーシスク帝国の紋章を削り、剥がしはじめる。

そう、侵略者達の手を握り返したその瞬間から、彼らはもうルーシスク帝国の民ではなくなっていた。

身も心も侵略者達と同じ集団、同じ社会、同じ思想に染まりきったのだから。

「今日から君は私の友であり、弟であり、兄であり、息子であり、父である。はじめまして、新たな同胞よ」

ある侵略者側の兵士がそう言った。

鎧の類ではなく、白い布製の軍服を纏っている彼らは、規律の行き届いた軍隊と言うには、何かがおかしいと感じさせる雰囲気があった。

そして、つい先程までは目の前の兵士と刃を振るって命のやり取りをしていた元帝国兵が、脳の奥深くから湧き起こる歓喜と幸福感のままに応える。

「ああ、はじめまして、私の友よ、兄よ、弟よ、父よ、息子よ。今日から私は貴方達の同胞である。共にこの世界の果てまでも、我らの法と正義と愛を行き届かせよう」

果たしてこれを相互理解と言ってよいのか。

これを友愛と言ってよいのか。

二人の兵士達は彼らが口にした言葉に嘘はないのだと、目撃した誰もが納得せざるを得ない熱い抱擁《ほうよう》を交わす。

彼らだけではない。帝国の兵士や民達が、何の敵意もわだかまりもなく侵略者達と言葉を交わし、抱擁する光景が帝都中に溢れていた。

戦地に赴いた息子を殺された老父母が、返り血に塗《まみ》れた侵略者の女性を温かく抱きしめながら言う。

「ああ、辛かったろう、苦しかったろう。けれど、もう大丈夫。私達はこれから家族だ。友だ。仲間だ」

志願して戦場に赴いた恋人を涙ながらに見送った女性が、恋人と同じ年頃の侵略者の若者へと告げる。

「私達と貴方達は今日から同じ旗の下に生きる生命なのです。苦難に襲われた時にはお互い支え合いましょう。喜びと幸福はお互いに分かち合いましょう」

戦場で仲間を皆殺しにされ、ただ一人、重傷を負って戻り、憎しみに身を焦がしていた元兵士の青年が、笑みを浮かべる侵略者達に両手を大きく広げる。

「この命は君達と同じように捧げよう。この血も、肉も、骨も、命も、ああ、君達と等しく価値を持ち、等しく捧げる為にあるのだ！」

程なく、帝都や宮殿に掲げられていた国旗の全てが下ろされて、代わりに侵略者達の旗が揚々《ようよう》と上がる。

凍てつく風、全てを埋め尽くす雪、身を切る冷気に満ちた凍土に長く覇を唱えていたルーシスク帝国は、雨糸が雲と大地を貫くこの日にその歴史に終止符を打った。

帝都が陥落したその日のうちに、ルーシスク帝国は単なる地方都市に変わり、国名を侵略者達のそれへと変えた。

侵略者達の母国の名——それはディファクラシー聖法王国という。

雨が降っている。

この季節には滅多に降らないはずの雨が降り、帝都を濡らし、人々を濡らしている。

雨が降っている。

人々の体に降り注いだ雨が次々とその体を濡らしていく。

時には唇を割って体の中へと。

侵略者と共にやってきた雨が、人々の体に入る。人々の心に入る。

雨が、雨が、雨が……

†

話は轟国と聖法王国から、ベルン村に帰還したリネットへと戻る。

ドラン並びにベルン男爵領首脳陣へは、エドワルドを通じて王国に伝えられる以上の情報がリネットによってもたらされた。

とはいえ、そもそもリネットを補佐していたドラッドノートから予め共有されていた事もあり、さほど目新しい情報はなかったが。

聖法王国の特務機関『天影』は、施設の情報端末にも一切の痕跡を残しておらず、ドラン達にしても彼らの情報の一端すら得られていない。

住み慣れた屋敷の一室で、リネットはふるふると肩を小さく震わせながら、己を必死に奮《ふる》い立《た》たせていた。

自分の持ち主である――と彼女が認識している――ドランへの報告は済ませていたが、それとは別に話がある。

それは、リネットが我侭を通す為にどうしても乗り越えねばならない試練だ。

今この部屋の中に居るのは五人。中央に立つリネット、その背後に隠れるように二つの人影があり、彼女の正面に向かい合っているのはドランとディアドラの二人だ。

このディアドラこそが、今、リネットの前に立ちはだかる堅固にして巨大な壁であった。

ドランは何も言わずに曖昧な苦笑を浮かべており、この状況の推移に関してはディアドラとリネットに一任しているらしい。

リネットは氷雨《ひさめ》に震える子犬の如く弱々しい。

対して、両腕を組んで眼光鋭くリネットを見据えるディアドラの視線は、リネットの心の奥底まで見通そうとしているかのようだ。その視線が厳しくはあっても冷たくない事が、リネットにとっては、大いに救いであった。

リネットは自分の闘志を再燃させる為に、自分の背後に立つ二人の人影を振り返る。

そこに居るのは、武装を解除し、両腕や両足の付け根が露わな黒い肌着に身を包むキルリンネとガンデウスだった。

リネットに鹵獲され、下されていた命令を解除された二人は、言わば待機状態になり、自ら何かを発言する事もしなくなっている。

もし今の無防備極まりない彼女らが暴漢に襲われたとしても、何一つ抵抗する事もなく、相手になされるがままだろう。

息をしていて、血が流れていて、温もりを持っていて……しかし、キルリンネとガンデウスはまだ〝それだけ〟なのだ。

「リネット、貴女は本当にそれが自分に出来ると思っているの？　ドランや私に対してはどこまでも細かい事を気にするのに、自分に関してはまるっきり無頓着《むとんちゃく》なくせに」

「で、出来ます。リネットは決して軽い気持ちで提案しているわけではないのです。ディアドラ、マスタードラン……リネットは確かな覚悟を持っての二人の面倒を見させてほしいと言っています。

リネットの覚悟の硬さは、もはやアダマンタイトを超え、オリハルコンの領域にも達していましょう！」

「ふうん。見たところ——キルリンネにガンデウスだったかしら？　二人とも自我が希薄ねえ。それどころか、自己を認識しているかすら怪しいわ。そんな二人の面倒を貴女が見る？　犬猫を飼うのとはわけが違うのよ。ましてやこの二人と比べたら、まだ犬猫の方が〝自分〟や意思というものがあるでしょう。そのくせ、キルリンネとガンデウスには犬猫とは比較にならない強い力があるわ。何かの拍子に誰かを傷付けてしまわないとも限らない。体の大きな赤ん坊みたいなこの二人に、体は小さいし、年齢だって大して上というわけでもない貴女が面倒を見て、躾《しつけ》を施す事が出来るの？」

「それは……それは、確かにリネットには難しいかもしれません。いえ、正直に言って難しいです。でも、自分の手が回らない時には皆さんの助けを乞《こ》い、知らない事を教えてもらいながら、二人を立派な、立派な、立派な……えっと、ま、真人間に育ててみせます」

キルリンネ達の素性を考えて、さて何と言うべきか迷ったリネットだが、それでも自らの覚悟と意思は曲げないと、〝ディアドラママ〟にはっきりと言い切ったのは立派だった。

少なくとも、後ろで二人のやり取りを見守っているドランは、リネットの主張を受け入れていいと考えている様子だ。

ディアドラは少し肩の力を抜く。

「そう、本来、私が言えた義理ではないのだけれど、自分だけでどうにかしようなんて考えていないで、周りを頼るという発想があるのは良い事よ。貴女の意志の固さは分かったわ。私も出来る範囲で手伝ってあげるけれど、普段の業務に支障を来《きた》すようなら、また話し合いましょう。ドラン、貴方もよ？」

「ああ。ディアドラがリネットの母親なら、父親は私になるだろうからね。ディアドラの夫とリネットの父親という役割は、他の男には譲れんよ」

ドランは特に意識した様子もなくあっけらかんと告げた。

しかし、言われたディアドラの方は、先程までのリネットに対する厳しい態度はどこへやら、頬を真っ赤にして俯いてしまう。

リネットはそんな〝父と母〟のやり取りを見て、素早く後ろのキルリンネとガンデウスを振り返り、こう言った。

「いいですか、キルリンネ、ガンデウス、今のが惚気話です」

†

ご機嫌な様子の太陽が青い空で満面の笑みを浮かべ、地上の隅々にまで暖かな光が届くある日の事。

凪には濃い緑と花々の香りが混じり、誰もが日当たりの良い場所で寝そべりたくなるような日に、ベルン男爵クリスティーナの屋敷の食堂のテーブルで、三つの人影が向かい合っていた。

リネットと、その正面で横並びに座っているキルリンネとガンデウスだ。

二人共、新たに与えられたリネットと同じ従士風の衣装に袖を通している。

顔の上半分を隠すバイザーや、全身を覆う装備を外している事で、二人の容姿ははっきりと分かるようになっていた。

同じ天恵姫を素体とするキルリンネとガンデウスは、外見の年齢こそ十歳近く違うが、年の離れた姉妹だと言っても、誰も疑わないほどによく似た顔立ちだった。

とはいえ、二人の体つきを見ると、キルリンネが成長すればガンデウスとそっくりになるだろうとは言いがたい。

年齢の差から来る美しさの方向性の違いだけでなく、大きな差異がある。

キルリンネの顔は、愛らしさの極致とも言える大きな瞳とそれを縁取《ふちど》る細く長い睫毛、ほんのりと淡い紅色の小さな唇、つんと小さく上を向いた鼻筋《はなすじ》で構成される。精神の希薄さも相まって、一層あどけなく、無垢な印象だ。

しかしその一方で、年齢的にまだ成長途上のはずの肉体はひどく肉感的で、幼さに対する反逆とも表現出来るほどに起伏に富んだ線を描いている。

おそらくラアウムに対して有効な容姿を探る過程で見つけた答えの一つなのだろうが、彼女はあどけない顔立ちに不釣り合いな体つきを――率直に言えば、胸が大きかった。

装備を脱がせ、着替えを指導していた際に、リネットは信じられないとばかりに何度もまじまじと見つめたくらいである。二つ並べればキルリンネの頭よりも大きなソレが、さらに成長したらどうなってしまうのか……

キルリンネが恐ろしいほどの可能性を持った成長過多な蕾《つぼみ》であるならば、ガンデウスは全盛期を迎えて咲き誇る花だ。この三人の中では最も大人びた容姿を与えられている。

一度《ひとたび》ガンデウスが流し目を送れば、石木のように枯れた男でも、思わず初恋の記憶を思い出すであろう。

すらりとした手足の付け根から指先に至るまでに描かれる芸術的な線、脇から大きくくびれて腰の横を流れ落ちて、いくつかの起伏を描いて足へと続く流麗《りゅうれい》な肉体のシルエット。

その姿はまるで月光の祝福を満身に受けて一夜にのみ咲く花、あるいは氷原に吹きすさぶ吹雪《ふぶき》にも負けずに咲く黄金の花だろうか。

しかし、顔を見れば誰もが気付く。ぽっかりと精神だけが抜け落ちている為、彼女は決して生ある花ではなく、悲しいまでに美しい〝造花〟であると。

確かに命を持った存在であるはずなのに、今は精神の動きや情動がないせいで、人形を前にしているような錯覚《さっかく》を相手に与えてしまうのだ。

人間であるはずなのに人形めいているからこその美しさか、あるいは人形として作られたのに人間に似すぎているからこその美しさか。

精神を持たぬ故に純粋無垢な存在である二人は、曇りのない水晶のように透き通った儚《はかな》さにも通じる〝美〟の体現者であった。

そんな二人を見比べて、リネットは自分が近いのはキルリンネではなくガンデウスだな、という感想を抱いた。

ドランやディアドラ達もそれに同意するだろう。

……何がとは言わないが。

感情を知らず、表情一つ変ない二人を前に、リネットはエドワルド達のところに預けられていたシーラ達を思い出した。

彼女達みたいに、少しずつでも人間らしくしてみせるぞ――と、リネットは心の中で小さく握り拳を作って気合を入れる。

今日のリネットは、さながら教師気分だ。

首に涎掛《よだれか》けをつけたキルリンネとガンデウスに、いつもよりも随分とキリリと引き締めた顔で話しかける。

「キルリンネ、ガンデウス、先程教えた通り、スプーンを使って食事を始めてください」

「はい、リネット」

「はい、リネット」

キルリンネとガンデウスが発した返事は、体型の差から声音こそ違うものだったが、まるで感情が篭もっていないという点では変わりない。

二人は揃って目の前に置かれた銀製のスプーンを手に取り、磨り潰した芋《いも》と人参のポタージュを掬《すく》って口に運びはじめる。

キルリンネとガンデウスに限らず、天恵姫にはラアウムとの戦闘に関するもの以外、知識はほとんど与えられていない。

高羅斗国で運用する際に、この大陸で現在使われている言語などは理解出来るようにされているが、せいぜいその程度。

仮に彼女らが一般常識を備えていたとしても、それは彼女らが開発された天人文明における常識であるから、ドラン達が生きているこの時代の常識と合致するものではない。

その為、今後この二人を、リネットの部下としてクリスティーナ直属の遊撃騎士団に加えるにあたり、常識や日常生活に関する事を教えるところから始めているのだった。

キルリンネとガンデウスは食事という行為をするのは、ベルン男爵領に来てからが初めてだ。いかに決戦仕様機とはいえ、用途が戦闘に限定されていた二人には、たかが食事といえども困難を極める。

キルリンネは口に運ぶ途中でポタージュを零し、ガンデウスはといえば、口の開き具合が把握出来ずに、前歯にスプーンをぶつけてしまう。

「申し訳ありません、リネット」

「申し訳ありません、リネット」

全く同じ文言を、ちっとも反省の響きのない声で口にするキルリンネとガンデウスに、リネットは苦笑ではなく慈しみに満ちた微笑を浮かべた。

果たしてリネット自身、自分がそんな表情をしているのに、気付いているのかどうか分からない――曙光《しょこう》に消える朝靄《あさもや》のように淡い笑みだ。

「謝る必要はありませんし、慌てる必要もありません。スプーンを口に入れる動作と、それにはどれくらい口を開けばよいのかを、繰り返しやって覚えていきましょう」

リネットは用意しておいた温かいお絞りを手に取って、キルリンネとガンデウスの汚れた口元を拭ってあげる。

二人は、汚れた口元を清めるという事すら知らないのだ。

甲斐甲斐《かいがい》しくキルリンネとガンデウスの面倒を見るリネットを、微笑ましく、気遣わしげに見守る人影が二つ。

クリスティーナに許可を得た上で、リネットの手伝いを申し出たセリナとディアドラである。

二人はリネット達から少し離れた席に座り、予備のスープ、パン、お粥《かゆ》、食器類、着替えや手拭《てぬぐ》いなどをワゴンに用意して待機していた。

「リネットちゃんがすっかりお姉さんになっていますね、ディアドラさん」

「あの中じゃ、リネットが一番年下に見えるけれどね。まあ、顔だけを見ればキルリンネとそれほど歳は違わないように思えても、首から下がねえ」

「ああ、それ、リネットちゃんに言ったら臍《へそ》を曲げてしまいますよ」

ディアドラが言わんとしているのは、二人の体つきの違いについてだと、誰だって分かる。

セリナは少しだけ眉をひそめて、今の言葉がリネットの耳に届いていないように祈った。

「それはそれでいいのよ。あの子、今まで体つきがどうとかで私達と比べたりなんてしなかったけれど、気にするようになったのなら、成長と言えるでしょう？　自分と他人を比較するのは、自分と他人とを明確に認識して違いがある事を理解しているからこそだもの」

「なるほど、そういう視点で見ているのですね。母親視点と言えばいいのかしら。きっと、ディアドラさんは私よりも深くリネットちゃんの事を考えていらっしゃいます」

「そうなのかしらね？　でも、いいきっかけになると思っているのは事実よ。リネットったら、自分の事に関しては無頓着なのだもの。せいぜい、自分はドランの所有物であるから、みすぼらしい格好は出来ないという意識があるきりで、服はまるで気にしない。従士服の他には寝巻きと季節物が最低限あるだけだし、装飾品の類だって自分からは決して買おうとはしないわ。本当に最低限の物しか持っていないのよ。趣味や娯楽にいたっては皆無《かいむ》ときているわ。リネットを人間扱いしたいドランは、前からそこのところを問題視していたわ。もちろん、私だってね。でも、こうして誰かの面倒を見る事で、リネットも自分を顧《かえり》みるようになってほしいものだわ」

「ふふ、ディアドラさんったら、ますますリネットちゃんのお母さん役が板についてきましたね」

「否定はしないわ。我ながら、よくここまでリネットに入れ込んでいるものだって、不思議に思っているんですもの。それにしても、私はリネットを娘みたいに扱っているわけだけれど、リネットがあの二人を娘扱いしだしたら、私はお婆《ばあ》さんになるのかしら？　せめて姉妹扱いだったら、まだいいのだけれど」

「娘が三人に増えるならまだしも、流石にお婆ちゃん扱いは早いですよねえ」

ディアドラの恐れている事態に関して、セリナは同意する以外に何も言えなかった。


さて、食堂でリネットによる食事講習が始まっている頃、執務室ではクリスティーナとその補佐官であるドラン、専属秘書であるドラミナが例の如く仕事をこなしていた。

ベルン村、クラウゼ村、ガロア間での街道整備と馬車による定期便、道中の宿の手配などが済み、交通量は日増しに増えている。

人間が増え、物が増え、流れ込むお金が増えれば、自然と領主の仕事も増えてくる為、クリスティーナ達の忙しさは相変わらずだ。

そして、数日の内にはリネットにも、高羅斗での出来事を報告せよと、王都への招集命令が下るだろう。そうなれば、所有者であり主人であるドランも、同行しないわけにはいかなくなる。

分身体を残しておけば執務には問題ないとはいえ、ドランはいつも以上に気合を入れて補佐官としての仕事をしている。

しかし、その目は時折ドラミナへと向けられて、視線を交して無言の会話を行なっていた。

日頃赤色を好むドラミナだが、クリスティーナの秘書の立場になってからは、余人の目がなくても、なるべく目立たない色合いの衣装を着用するように心掛けていた。

コルセットを用いない、ロング丈の藍色《あいいろ》のドレスで、それとなく植物模様の刺繍がある以外には簡素な意匠である。

二人に挟まれているクリスティーナはといえば、補佐官と秘書の無言の会話に気付く様子はまるでない。インク壷に羽ペンの先端を突き入れては、書類に必要な文言を書き入れ、領主の印を捺印《なついん》する作業に集中している。

多忙とはいえ、クリスティーナの気力は充分。体力も人間の規格を超えた出自故に、十日でも一ヵ月でも連続して徹夜で仕事をしていられるくらいだ。

そのクリスティーナを補佐するドランもドラミナも、クリスティーナ以上の精神力と体力の持ち主である。どれだけクリスティーナが非常識な仕事量をこなそうとも、ケロリとした顔で追従出来てしまう二人だった。

しかし、可能だからといって、それをそのまま実行させるわけにはいかない事情が確かに存在していた。

バンパイアクイーンと古神竜の転生者は、なるべく早く、出来れば明日にでもこの問題に手を打った方がよいという共通の認識があった。

ドラミナは、じっとドランの瞳を見つめる。

一目見ただけで、命を捧げる事を厭《いと》わぬ狂信者を生み出してしまうほどの美しさを持つ魔性の瞳を、まっすぐ見つめ返せるのはドランならではだ。

ともすれば相手に見つめ返されるという経験自体がドラミナには乏しく、彼女は無意識のうちにこうした視線のやり取りを好んでいる面もあるかもしれない。

しかし、視線を交しながら、詳細は念話で詰める二人のやり取りは、色恋の甘い響きを含まぬ、いたって真面目なものであった。

(当面問題はなさそうですが、クリスティーナさんの精神衛生を考えると、どこかで気晴らしをさせた方がよい時期かもしれませんね、ドラン)

(ふむ、リネットの報告内容を考えると、ロマル、轟国、暗黒の荒野に続く、潜在的な敵性勢力の出現が危惧《きぐ》されるからね。発展途上の領地の政務に励みつつ、戦争にも関わらなければならなくなるとなれば、今以上にクリスが自由に出来る時間は減ってしまう。今後、気晴らしに費《つい》やせる時間はますます短くなるだろう)

(もっとも、手段を選ばなければ、貴方と私達ならどうとでも出来るでしょうけれど。とはいえ、クリスティーナさんに心身ともに健《すこ》やかに日々を過ごしていただく為にも、一計を案じた方がよろしいかと。どこか思い切り体を動かせる場所へ連れて行って上げられればよいのですが、例の塔はいかがでしょうか?)

塔とはもちろん、あのカラヴィスタワーを指す。

ようやく塔運営方針が固まり、入場料の支払い規定なども整い、住人であるドラグサキュバス達による公営娼館設立に向けての準備や、文官として雇い入れる準備を進めている段階だ。

現在は塔に住まう数名のドラグサキュバスが、相互理解と友好関係構築の名目でベルン村に滞在している。

また、カラヴィスタワーの周囲には医療施設や宿泊施設、武具工房や魔法具工房などが完成しており、塔内部の探索も徐々に進行中だ。

ベルン村から近いところでクリスティーナが目一杯体を動かせる場所となると、カラヴィスタワーが候補に上がるのは当然の成り行きだろう。

しかし、ドランは小さく首を横に振る。

(あそこならクリスも好きに戦えるが、他の冒険者の目もある。もしかしたらそれを気にしてしまうかもしれないな)

(生真面目《きまじめ》な方ですからね。〝今後のタワー経営の為の視察〟という名目ならクリスティーナさんを外に連れ出すのにちょうど良いと思ったのですが……)

(ふむん。ならばいっそ、別人のふりをして、さらにもっと離れた場所に足を運ぶのも後腐《あとくさ》れがなくていいかもしれないないな)

そう視線で応えたドランがほんの少し悪戯っぽい顔になっている事を、ドラミナは敏感に感じ取っていた。

また何か突拍子《とっぴょうし》もない事を考え付いたのかしら――と、ドラミナは能力がありすぎて時々常識を踏み外す恋人の心中を推し量ろうとした。

第五章――――収穫祭

煉瓦《れんが》を積み重ねた塀に囲まれた庭の真ん中で、垂れ目がちの三十路《みそじ》と思《おぼ》しき風体の男が身の丈ほどの長さの短槍を縦横無尽《じゅうおうむじん》に振り回していた。

彼は、脳裏に思い描いた幻の敵を相手に模擬戦を繰り広げている最中だ。

上半身には一糸も纏わず、そこここに消えきらぬ古傷の跡を残した肉体は、巌《いわお》のように鍛え抜かれている。

皮膚を盛り上げる筋肉の線や傷跡に沿って流れる汗が、男の動作に伴って飛び散って陽光に煌く。その中で、男は短槍で胸板を貫いた幻想の敵から噴出する血飛沫を見た。

以前から幻想の敵を相手にした訓練は欠かさず行なっていたが、存在しない血飛沫まで見えるのは久しぶりだった。

これまで怠惰《たいだ》の泥濘《でいねい》に塗れていたが、ある事をきっかけに再起を誓い、失って久しい熱を込めて訓練した成果だ。

幻想の敵を六人ほど屠《ほふ》ったところで短槍は動きを止めて、男は額からしとどの汗を流しながら、荒くなった息を整える。

男の名前はルスクロウ。アークレスト王国南部にあるグジャシー諸島連合に存在する迷宮都市メイズリントで、ベテランの冒険者として活動している。

「ちと熱を入れるのが遅かったか？　いやいや、まだまだ間に合うと思いたいねえ」

ルスクロウはそうぼやくと、庭に生えている木の根本に置いておいた桶《おけ》に近づいた。

取っ手に引っ掛けてあった手拭いをつかみ取ると、桶の中の水に浸けて汗を拭い、火照《ほて》った体を冷やす。

ルスクロウは、かつて冒険者として大成する事を夢見てメイズリントにやってきた男だ。

しかし、自身の最盛期だと信じた時期にとある迷宮に挑み、力及ばずに敗れてしまい、命こそ失わなかったものの、自信の柱は粉々に砕かれた。

つい最近までは惰性で生きてきたと言ってもいい有様だった。

だが、とある新人冒険者達の指導役を引き受けた事で、彼の中で燻っていた情熱に新たな薪《たきぎ》と火種が投じられて、一念発起して今に至る。

あらかた汗を拭き終えたところで、ルスクロウは綿のシャツに袖を通し、桶と手拭を手に自分の部屋へと戻った。

着替えを終え、なめした革に軽金属片を縫い込んだ胸当てと小手を身につける。腰には冒険者に必須の応急手当用の医療品と保存食をまとめた小鞄を括《くく》り付《つ》け、短剣二振りに、愛用の短槍を手にした彼は、冒険者ギルドの建物へと向かう。

新人の指導役と、彼らに付き合って受けた依頼の報酬で、目下、ルスクロウの懐は暖かい。

既にこの新人達への基本的な指導は終了しており、今はいつも行動を共にしているというわけではなかった。

それでも、彼らが初めて受ける類の依頼への同行や、助言を求められる時にすぐに対応出来るように、わざわざメイズリントを近郊に留まっている。

そんな中、ルスクロウは一人で迷宮に潜って鈍《にぶ》った勘を取り戻す日々を送っていた。

冒険者ギルドに向かったのも、新人達からの伝言などがないかの確認と、市内か近隣で済む仕事がないかを見に行く為だ。

マシュール諸島連合と並び、南北の大陸間交易の要となるグジャシー諸島連合に属するメイズリントは、常に夢見る冒険者達で溢れ返っている。

そんな冒険者や、迷宮から発見される財宝目当ての商人、貴族達も加わって、都市の持つ熱量、活力は凄まじいものがある。

しかし、ルスクロウにとっては複雑だ。一度自信が折れてしまってからは、この都市の持つ活力に後ろめたさを覚えて何度か離れようとした。

それでも、結局ここ以外で生きていく自分を想像出来ずに今日までずるずると残っていたが、こうして再起してみると、景色が違って見える。

通りを行き交う人々の発する活力や、交し合う大声、屋台や食堂から溢れる渾然一体《こんぜんいったい》とした料理の香り、葡萄酒《ぶどうしゅ》や果実酒、麦酒の酩酊《めいてい》するような匂い……

人間の営みに伴って発せられるそれら全てが細胞の隅々に行き渡り、不貞腐《ふてくさ》れていた体を蘇《よみがえ》らせてくれる。

「さあて。おおっす、メルシャ、ルスクロウさんですよっと」

仕事を求める同業者やら雑談にふけっている連中をかきわけて、冒険者ギルドの建物に入ったルスクロウは、受付の中に顔見知りの少女を発見した。

にへらへらと笑いながら近づく彼の表情は、これまでならば見た目通り軽薄なものだった。

しかし、往年の輝きを取り戻しつつある今は、鞘に収められた切れ味鋭い刃の笑みが戻っている。

受付席に座る職員のメルシャはそれに気付いていたかどうか。

「こんにちは、ルスクロウさん。少し精悍《せいかん》なお顔立ちに戻られましたね」

「ははは、そうかい？　そりゃあ、嬉しいや。無精髭《ぶしょうひげ》も気を付けるようにしているんだぜ。まあ、心機一転ってやつさ。それで、早速で悪いんだけれど、ドライガン達から伝言か何かあるかい？　それがないんなら、適当な素材採取の依頼とかあると嬉しいねえ」

神由来の迷宮を多く抱えるメイズリントでは、特定の神殿でしか得られない特殊な金属や液体、植物の類がそれこそ毎日発見されている。当然、それら未知の新素材を求める依頼も、毎日のように出される。

ドライガン達の実力はメイズリントでも最強を争うとルスクロウは思っているが、彼らはまだ冒険者としての実績に乏しく、ギルドの信頼も薄い。

加えて、ドライガン達自身が冒険者としての名声にそれほど興味がないらしく、人々の日常の手伝いや低級の迷宮攻略や冒険者達への支援制度などにばかり関心を示している。

そういった冒険者らしからぬ行動から、ルスクロウは彼らが迷宮を利用しようとしている他国からやってきた者達で、メイズリントを参考にしているのではないかと睨んでいる。

ルスクロウでさえ想像がつくのだから、ギルドの上層部が同じような懸念を抱いてもおかしくはない。

メルシャは素早く棚や手元の書類に目を通して、ルスクロウに返答する。

「はい、ドライガンさん達の伝言を預かっていますよ。相談したい事があるから、都合の良い時に『真珠《しんじゅ》の冠亭《かんむりてい》』まで足を運んでほしいそうです。必ず誰か一人は宿に残っているので、その者に話を聞いてほしいそうです」

「はいよ、そういう事なら了解さ。ところで、教えられる範囲で構わないけれど、ドライガン達の活動っていうか、評判はどんなんだい？」

「活動はこれまで通りですよ。迷宮の探索は慎重に進められているようで、今はヒズメル迷宮に手をつけていらっしゃいます。ルスクロウさんは一緒に行動していないのですか？」

「ヒズメルは、中で出てくる魔物の傾向や対策についてちょいと講義しただけだねえ。彼らの実力なら、それだけ分かっていれば、どんなに失敗しても立て直せる。つくづく新人離れした実力者の集団さ」

「ええ、ルスクロウさんの仰る通りですよ。特にマイエルさんは他の方達からも随分と人気です。素性を隠した大神官だと明かされても納得するしかない実力ですし、ドラゴニアンのクインさんもドライガンさんも、途方もない強さですから」

「だよねえ。ドラゴニアンなら誰でもあんなに強いとは思いたくないよ。まあ、教えてくれてあんがと。おれが奢《おご》るから、いつかその気になったら食事にでも付き合ってよ」

「ええ、いつか」

「はは、いつかね」

体《てい》よく断られたのか、それともいつか一緒に食事をするまで生きていてくださいね、という励ましだったのかは、二人のみが知るところである。


そのままギルドを後にしたルスクロウは、ドライガン達が長期宿泊契約を交わしている『真珠の冠亭』に向かった。

これまで何度かドライガン達に誘われて、ちょっとした宴会をした事のある場所だ。

名前の通り真珠色の真っ白い壁に青いドーム型の屋根の四階建ての宿屋に到着し、受付の熟女に名前を告げる。

彼は、ドライガンが待っているという四階の部屋へと案内された。

出会った当初は、女性だらけの中に男はドライガン一人だと気苦労も多いのではないかと心配していたが、このパーティーに関しては男女の揉め事はなさそうだと、ルスクロウは安心していた。

外観同様に内装も真珠色で統一された部屋の中央に立つドライガンは、ルスクロウに小さく頭を下げた。

そのドライガンの傍らには一人の女性が寄り添っている。

「急に呼び立ててしまい、申し訳ない、ルスクロウ殿」

「いいって、いいって。おれは君らの指導役だからね。相談事があればそれに乗るのがお仕事さ。それで、今日はそっちのお嬢さんが相談の理由かい？」

ルスクロウの垂れ目が映したのは、やけに親しい様子でドライガンに寄り添っている女性だ。

長い〝桃色〟の髪を太い三つ編みにして垂らし、〝茜色《あかねいろ》〟の瞳を持つ美女だった。

ルスクロウは思わず息を呑む。

同じパーティーのマイエルやクローリアもまた類稀《たぐいまれ》な美女であったが、これまた衆目《しゅうもく》を集めるのに充分すぎる美人だ。

ルスクロウ同様に動きやすさを重視した軽鎧を身に付け、腰には魔晶石を中心に、火、水、土、風の精霊石を鍔に埋め込んだ、一見しただけで業物と分かる豪奢《ごうしゃ》な魔剣を提げている。

二人の雰囲気だけを見れば、竜頭人身のドライガンの恋人とも取れるが、そうするとあのマイエルやクローリアはなんだったのか。

「はじめまして、ルスクロウ殿。私はロナロと申します。ドライガンの知り合いでして、今日は私が無理を言って、お会いする機会を作っていただきました」

冒険者を蔑《さげす》む眼差しではない。まだ立ち姿を見て、声を聞いただけであったが、ルスクロウは目の前のロナロと名乗った少女を、相当な貴人の生まれではないかと思っていた。

一目見てそう思うほど、彼女の佇まいには――仕草の一つ、それこそ立ち姿や呼吸にすら――洗練された品格が宿っている。

「どうやら自己紹介は必要ないようで。それで、おれはまだどんな事を相談されるか聞いていないんですが、ロナロさんはどんな事をドライガンに頼んだんで？」

ルスクロウは意図して多少砕けた言葉遣いにしてみたが、ロナロが怒る気配ない。

表に出さずとも、内心で無礼だと思っていればそれとなく分かるものだが、どうやら本気で気にしていないらしい。

生まれは貴人でも育ちは違うのか、それとも生来の気質か。

まあ、それよりも、この美人さんからの依頼がどんなものかの方が問題だわな――と、ルスクロウは内心で零す。

「実は冒険者として活動しているドライガン達の話を聞いて、私も冒険者に……おっと、そう嫌そうな顔をなさらないでください。流石に冒険者になるだけの覚悟は私にはありません。ただ、そうですね、私の好奇心を満たす為に、しばらく行動を共にさせていただきたいのです。幼い頃から読み聞かされた英雄譚《えいゆうたん》に、少しだけ触れてみたいと思っていると考えていただければ幸いです」

額面通りに受け取るのならば、どこかの貴族の子女が冒険への憧《あこが》れを爆発させて、何かしらの事情で知り合ったドライガン達を頼ったと考えるべきなのだが……

──嘘を言っているわけではなさそうだが、理由は半分ってところか？　言っていない隠し事があるってやつだな。探せばいくらでも転がっている、わけありの依頼か。

ルスクロウはそう判断した。

理由は好奇心を満たす為だったり、箔《はく》を付ける為だったりと色々だが、身分を隠した貴族や大商人の子弟が冒険者達と行動を共にするというのは別段珍しい話ではない。

ルスクロウもそういう依頼をこなした事は一度や二度ではない。

依頼人が冒険者に恋をしていて、良いところを見せようと依頼してきた、なんてのよりはまだやりやすそうにも思える。

おそらく……と、彼は想像する。この少女がパトロンで、ドライガン達は彼女に仕える騎士か何かという可能性が一番高い。となれば、メイズリントの首脳部にとっては、商売敵がかなり堂々と探りに来た形になるわけで、決して面白くはあるまい。

とはいえ、首脳部がそれを表に出すわけがないのだから、ルスクロウの立場としては、彼女が口にした理由で、相談を受けるか否かを判断する他ない。

「さてさて……」

顎先に残した髭を撫でながら、ルスクロウは思案しようとしたが、考えるまでもないか、と思い直した。

メイズリントはルスクロウの人生と共にある都市だ。思い入れも愛着も憎しみも悲しみも嘆きも挫折《ざせつ》も、何もかもがここにある。

そんな都市に背信的な行為をする事にもちろん抵抗はある。

ドライガン達はルスクロウが再起するきっかけと熱意を与えてくれたとはいえ、その恩義の方が勝るわけではない。

だが、同時にメイズリントに対する誇りが、こう思わせた。

「まあ、どんな理由で相談してきたのかは知らんが、メイズリントはそんなに安くはないぜ。何千人、何万人っていう冒険者達が何百年とかけて探索し、それでも未知の部分が大部分だっていう場所だ。ちょっとやそっと滞在したって、真髄《しんずい》の一端だって味わえねえ。偉そうな事を言っているおれだって、どこまで理解出来ているかっつったら、そう大したもんじゃねえけどな。それでも良ければ、依頼を受けさせてもらうぞ。数え切れない人間達の夢と欲望を呑み込んできたこの街を、存分に見ていってくれや」

そう、これは挑戦だ。メイズリントという迷宮都市が、そう簡単に調べつくす事が出来るような場所ではないと、他所からやってきた新参に思い知らせる為の。

とまあ、そのようにルスクロウは解釈しているわけだが、某所の女男爵に変装させてまで、息抜きをさせるのが実情であるから、これは彼の勇み足だ。

それは言わぬが花であろう。

ロナロは、挑戦的なルスクロウの言葉にも気分を害した様子はなく、自分の依頼が断られなかった事に安堵して感謝の言葉を口にした。

「ええ、どうか、私にこのメイズリントという都市を見せてください」

†

ロナロに対して挑戦めいた発言を返したルスクロウではあったが、ドライガンを介して正式にメイズリントの観光案内を依頼された事もあり、それはそれと割り切っていた。

ここ以外にも迷宮は存在するが、最も数多くの生きた迷宮を保有しているのはグジャシー諸島連合で間違いない。

その為、富を生む財源として迷宮を活用する方策を得ようと、他所の土地から堂々とあるいは秘密裏に人間が派遣されるのは珍しくない。

今回のロナロの件に関してはまだ穏当な部類と言える。

ルスクロウの目には、ロナロがお忍びでやってきたどこぞの貴族か豪商の子女の類にしか見えないし、ドライガン達は気質的に腹芸《はらげい》が出来る者達ではない。

他所の土地で迷宮活用が上手くいけば、メイズリントの価値が相対的に下がりはするが、このロナロ達はそう悪辣な事はしないだろう。

具体的な根拠はなしにそう思える人徳のようなものが彼女らにはあった。

ルスクロウはぼんやりと呟く。

「まあ、お仕事はお仕事で、こなさいとねえ」

ロナロを紹介された後、彼は宿に戻ってきたマイエルやクローリア達と今後の行動について打ち合わせをし、翌日からロナロをメイズリント市内や近場の適当な迷宮に案内する事を決めた。

それから彼は、冒険者組合に戻り、併設されている酒場兼食堂へと顔を出していた。

値段は格安、味はなかなかという、成りたての冒険者達の財布に優しく、ベテラン達にとっても安心出来る馴染みの場所だ。

ここでは、酒に酔った冒険者達が暴れ回った場合に備えて、円卓は床に釘で固定されている。

その円卓の上にキンキンに冷えた麦酒の大ジョッキと、塩茹《しおゆ》でした枝豆に焼き魚、握り拳程の大きさのメイズクラブの素揚《すあ》げ、塩気が強くぎっちりと目の詰まったパンが並んでいる。

「見たところ、良いところのお嬢ちゃんって感じだったが、どうも荒事慣れしている雰囲気だったよなあ。よくあるお坊ちゃんお嬢ちゃんの暴走ってわけじゃなさそうだ。まあ、それなら言う事は素直に聞いてくれるだろうし、一緒に行動してもそうそう問題なさそうだけどねえ」

大ジョッキの中の麦酒をグイグイと呷《あお》り、咽喉を伝って胃《い》の腑《ふ》に流れ込む感触を楽しみながら、ルスクロウが呟いた。

ルスクロウには、ドライガン達の背後関係や詳しい事情にまで首を突っ込むつもりはこれっぽっちもない。

それでもついついこうして考えてしまうのは、冒険者としてあらゆる不測の事態を想定し、備えるのが習慣となっていたからだ。それともう一つ、理性の蓋から少しだけはみ出ている好奇心のせいでもある。

頬張ったメイズクラブの柔らかな甲羅と纏った小麦粉の衣のサクサクとした感触、そして溢れ出る旨みが、ルスクロウの口の中に幸福を生み出す。

「——っかあ〜！　こいつの美味さは相変わらずだなあ」

冒険者というのは体力勝負だ。

魔物の前面に出て剣や槍を振るう者達は当然の事ながら、後方から癒やしの奇跡を願う者や攻撃魔法で敵を一掃する者も、精神集中によって、著しく気力体力を消耗する。

前衛と後衛の区別なく、迷宮に潜って魔物と戦いながら素材や財宝を求める冒険者は肉体を維持する為に必然的に大食いにならざるを得ない。

一時期は怠惰の霧に包まれていたルスクロウも、食事量に関しては衰退する事なく、次々と皿を空にしては追加の注文を重ねていく。

一人の食事にも慣れたもんだ――と、彼は一抹《いちまつ》の寂しさと自嘲《じちょう》の思いを五杯目の麦酒と共に飲み込んだ。

そこへ、受付の制服から薄緑色のワンピースにチェック柄のベストに着替えたメルシャがひょっこりと顔を見せた。

「ルスクロウさん、ご一緒してもいいですか？」

「おんや、メルシャ、お仕事はもう終わりかい？　いいぜ、おれなんかで良けりゃ好きな席に座ってくんな」

「今日は早番なんです」

「そうかい。ああ、それなら今回の分はおれの奢りな。ほら、例の約束って事で」

「別に気にしなくってもいいのに」

他の席で食事をしている男の冒険者達から羨ましげな視線を受けながら、ルスクロウはにへらっとした顔つきのまま、メルシャが対面に座るのを待った。

ルスクロウは、メルシャを元は冒険者かギルドの荒事に関わっていた人物ではないかと、勝手に想像している。それを肯定するかのように、彼女は冒険者並みの食欲を見せて、女給に次々と注文を入れた。

頭付きの魚の香草焼きと貝類の白ワイン蒸《む》し、ひき肉とみじん切りの野菜を交ぜた炒めご飯など、その量はルスクロウ顔負けだ。

まあ、ただの大食いという可能性もあるが。

にぎやかな食堂の中で、円卓一杯に並んだ料理を前に、メルシャは花のような笑みを浮かべる。

そうしていれば歳相応であり、ルスクロウが何かしらの影を見出す事もない。

メルシャが信仰している神に食事を得られた事への感謝を述べるのを待ってから、ルスクロウも食事を再開する。

大食いが冒険者の常ならば早食いもまた然《しか》りだ。あっという間に料理の皿が空になりはじめる。

店の中で食事をしていても、対立している者達に襲われる可能性はあるし、護衛の任務をこなしている時は尚更気を抜けない。

短い時間で食事を終えるのを習慣化するのは、必須技能であった。

「それでルスクロウさん、ドライガンさん達の相談はどんな感じでしたか？」

香草の芳しい匂いと滲み出す魚の脂を堪能し、一尾まるっと食べ尽くしたメルシャが好奇心を隠さずに聞いた。

ルスクロウは揚げた蟹をバリバリと噛みながらそれに答える。

「おいおい、ギルド職員が安易に冒険者の内情に干渉するのは良くないぜ？」

「今はお仕事の時間じゃありません。ですから、これは私的な好奇心です。ドライガンさん達は、前よりは落ち着きましたけれど、まだまだ注目の的ですからね」

「そりゃ認めるけれどさ、彼ら、あんまり冒険者らしくねえもんな。そういう態度と、自分達の利益より人助けを優先するところ。そのくせ、超一級の実力者ってんで、色んな奴らに睨まれているけどよ」

〝色んな奴ら〟の中に冒険者組合の上層部が含まれている事は、酒の入りはじめたメルシャにも分かる話であった。

ルスクロウは冒険者組合側に立ってはいるが、組合が冒険者個人に深く関わり、行動を抑制しようとするのは好ましくあるまい。

「冒険者の利益と権利を守る為の組合ですからね。本末転倒にならないように舵取《かじと》りをしてくれると思いますよ。ドライガンさん達はあまり自分達の事を冒険者と考えていない節《ふし》が見受けられますから、保証出来ませんけれども」

そう言って、メルシャはマンゴーの果実酒をチビチビと飲む。

ほんのりと頬に朱が差しているが、目の前の女性が酒に誘った男連中を先に酔い潰して、そこからさらに杯を重ねている光景を、ルスクロウは何度も目撃している。

「それはおれも思うわ。冒険者は副業か、お試しにやっているって印象がある。そこら辺が気に食わないって奴が一定数いるのも、分からない話じゃないわな。あれだけの実力があって、既に装備も一級品だ。本気で冒険者として取り組めば、これまで未踏破だった迷宮を踏破出来るだろうし、史上屈指の冒険者になれるからな。惜しい、勿体《もったい》ない、どうして本気じゃないあいつらが——って感じかね。おれも自分がドライガンくらい強かったらって、ちっとは思うよ」

「立ち位置が近いからというのもあるかもしれませんが、ルスクロウさんはそれでも割り切れているじゃないですか。そういう風に割り切れていない人達が、いつか爆発してもおかしくはないですからねえ～」

「組合としちゃ、冒険者同士の揉め事なんざ面倒ばっかりで利益に繋がらねえもんな。それに、もし不満を爆発させた連中があのパーティーにつっかかったら、まあ、返り討ちに遭《あ》うぞ。ドライガンなら程よく手加減してくれるだろうし、マイエルならそもそも争いにゃならんだろうが、クローリアはきっと容赦なく叩きのめす。そして何より、クインがまずい」

ルスクロウの声音は、それまでの軽薄なものから一変して、腹の底まで響く重低音に変わった。

メルシャもつい想像してしまった未来予想図に顔を青白くする。

ドライガン、マイエルは理性と温厚の塊なので安心だが、クローリアは売られた喧嘩《けんか》や侮辱《ぶじょく》の言葉を聞かなかった事に出来る性格ではないし、仲間以外には冷厳《れいげん》たる態度で接する人物だ。

そしてクインはクローリアに輪を掛けて危《あや》うい。

敵と認定した相手への容赦のない態度と敵と認定するまでの早さから、潜在的な危険人物としてルスクロウや組合からこっそり認定されている。

ドライガンやマイエルが同席していればクインの抑えは効くのだが、そうでない時のクインは自分以外の全てを見下しているか、あるいは存在するほどの価値がないと考えているかのようだ。

基本的にクインがドライガンと離れ離れになる事は滅多にないが、ロナロを紹介された時は姿が見えなかった。

万が一、クインが一人で行動している時に余計なちょっかいを出す者が居たら、さて命が助かるかどうか。

「クインはなあ、狂犬ってのとは違うんだ。だって別に狂っちゃいねえもの。きちんと理性を働かせたまま、首をもぎ取るって言うか、叩き潰すって言うか、そういう事を出来ちゃう系の精神構造だわ。認めた相手以外には話しかけるのも触れるのも許さない孤高の王者って感じ？」

「危険人物以外の何者でもないですよ、それ。下手にクインさんが相手を返り討ちにしたら最後、そこからどんどん話が広がっていきますよ？　徒党を組んだ人達がまたクインさんを襲って、クインさんがまた返り討ちにっていう循環になんてなれば……」

「メイズリントの実力者達が大幅に減っちまうんじゃない？　邪神系の迷宮の中には魔物を外に溢れ出させようとしているものもあるけれど、そいつらを抑え撃つ時に中級から上級までの冒険者達の数が減っていたら、メイズリントの危機だぜ」

「うわあ、普通に考えたらいくらドラゴニアンでもそこまで無双は出来ないと思うんですけれど、何故かドライガンさん達だと全員返り討ちにする未来が簡単に思い描けます。ルスクロウさん、上手く潤滑油《じゅんかつゆ》の役目を果たしてくださいね、お願いしますよ！」

「まあ、おれだってメイズリントがしっちゃかめっちゃかになっちまったら飯の種がなくなるから、努力はするさ。でも、報酬の一つも欲しいぜ。ドライガンによく頼んでおくのが、一番労力がかからない確実な手段かねえ？」

そうボヤいて、ルスクロウは大ジョッキの麦酒を呷り、空にした。

†

メルシャからかなり難度の高い注文を受けたルスクロウであったが、今のところ大きな問題は発生していない。ルスクロウの監督下において、ロナロはあくまで常識の範疇《はんちゅう》に収まる行動を取っているからだ。

具体的には、ロナロはドライガン達と同様に下《した》っ端《ぱ》がやるような街の雑用を進んで受託した。また、彼女の興味の対象は、迷宮の探索よりも、迷宮から得られる資源を活用しているメイズリントという都市そのもののようだった。

利用者の数が多く、それに比例して死傷者の多い迷宮ほど、近くに癒やしの奇跡を施せる神官達の居る神殿や医療施設が整っている。

また、迷宮の特性に応じて医療施設に備えられる医薬品や医師も異なるなど、万全の支援態勢が整えられている。

迷宮では負傷するだけなのか、毒を受ける事はあるのか、ならばその毒の種類は何か？　あるいは、灼熱《しゃくねつ》の業火蠢く迷宮故に火傷《やけど》が多いのか、氷雪吹きすさぶ極寒の地故に凍傷が多いのか？

……などなど、ロナロはルスクロウに次々と質問をぶつけた。

やはりドライガン達の出資者なのか、彼女は市井の人々に紛れる事に全く頓着しない。大昔のルスクロウがそうであったように、おのぼりさんか観光客よろしく目をキラキラと輝かせ、人々の行き交う目抜き通りを見て回っている。

この無垢な子供を思わせる反応に、背後の思惑はさておき、ロナロは人としては善人の部類に違いない——ルスクロウはそう思った。

一行は今、冒険者用の武具や防具の販売、加工を引き受ける店が露店から大店までズラリと並ぶ通りを歩いている最中だ。

多くの店が耐火加工を施した防具を並べているのを見たロナロが、尋ねてきた。

「ルスクロウ殿、迷宮の情報はある程度公開されているようですが、冒険者以外には公開されていないのですか?」

先程まで彼女が見ていたものとは関係なさそうな問いに、ルスクロウは訝しみながらも答えた。

これもまた依頼のうちである。

「ん? 一応は非公開なんだが、昔からある初心者向けの迷宮に関しては、もうとっくに口伝《くちづ》てで知れ渡っているよ。組合が出来る前から知られていた話も少なくないからな。基本的には冒険者組合に属すれば、ある程度までは無料で、それ以上の詳細な情報は有料で教えてもらえる事になっている。ここら辺は組合の体裁《ていさい》と権限を守る為のややこしい取り決めだな」

「ふむ、冒険者の利益と権利を守るついでに組合という組織の利益も確保するのか。では、迷宮では何かが周期的に活発化するのでしょうか？　先程から店先に並んでいる防具が、どれも火に対する備えのものばかりだ。火を扱う魔物でも増えているのかと思ったのですが」

「おう、まあ、ご明察《めいさつ》だ。この時期、ある迷宮群が活発化して、内部に火を扱う迷宮魔物《めいきゅうまもの》が大量に発生するのさ。そんで、その魔物の素材が結構な値段で売れるんでね。そこそこ腕に覚えのある冒険者連中が、素材目当てに血眼《ちまなこ》になりだすのさ。迷宮の難易度も初心者を卒業したての腕があれば行ける上に、中級者や上級者からしても良い資金稼ぎになる。だから、皆こぞって装備を買い集めるのさ」

「それだけ冒険者が大挙して押し寄せては、魔物が狩り尽くされてしまいそうなものですが、資源管理は組合がしているので？」

「もちろん、潜入制限を設けているところもある。とはいえ、今回みたいな『収穫祭』は、言わば迷宮の暴走だからな。狩り取る先から迷宮の中で新たな魔物が生み出される有様だ。放っておくと迷宮の外に出てくるんで、収穫祭の参加者を募って予め布陣して迎え撃つ形だ。迷宮の中で繁殖している魔物ならこうはいかないが、今回のは迷宮から直接生まれる魔物だからな」

「多種多様な迷宮が存在するメイズリントならではですね。対処法が確立するまでの先人の苦労が偲《しの》ばれます」

　しみじみと呟くロナロは、ルスクロウが言うところの収穫祭に向けての準備に余念がない冒険者達の活き活きとした顔を、じっと見ていた。

多様なメイズリントの迷宮のあり方が、それと同じように多様な関連施設を必要とする。

四方八方へと伸ばされた需要の手を掴もうと多くの商人達が集い、今もどこかしらにある隙間を狙って、新たな商売を始めようと多くの者達が虎視眈々《こしたんたん》と機会を狙っている。

それ故のメイズリントの繁栄であった。

——ふうん、やっぱり治める側の視点で考えてんな。もしメイズリントの外ででけえ迷宮の話が聞こえてきたら、足を伸ばしてみるのも面白いかもねえ。この迷宮都市の市長は、昔、おれが指導していたんだぜ、と自慢するのも悪くはないだろう。まあ、市長とは限らないわけだが。

漠然とそんな事を考えながら、ルスクロウはロナロに一つ提案する。

「それじゃあ、ロナロさんは収穫祭に参加するかい？　ドライガン達も、これだけ大規模に他の冒険者と組んで魔物を相手にした事はないだろう。お前さん達の実力ならまず危険はないし、マイエルの癒やしの奇跡は大歓迎されるだろうぜ」

もちろん、ドライガンとロナロの返答は決まっていた。

†

火の属性を持つ迷宮魔物達の大量発生に伴う、冒険者達による殲滅戦《せんめつせん》——通称『収穫祭』は、メイズリントでは恒例行事として認識されている。

迷宮魔物達の手頃な強さと、狩っても狩っても狩り尽くせないその数から、迷宮初心者を卒業した冒険者達の経験と資金稼ぎにもってこいの行事。そこに、表向きにはまだまだ下級冒険者であるドライガン達も参加する運びとなった。

迷宮魔物が大量発生する迷宮は一つだけではない。

複数の迷宮が連動するようにして内部に魔物を大量発生させる為、多くの冒険者達が連携して対処せねばならないのである。

例年通り、収穫祭に備えて商品を大量に仕入れた商人達の懐が暖まり、冒険者達もまたこれから迎える激戦とその先に待つ報酬を夢見ながら収穫祭の当日を迎えた。

幾百人もの冒険者達と、万が一彼らが迷宮魔物に突破された時の為の保険として、待機しているメイズリントの兵士達で賑わう平原に、ルスクロウの姿があった。客人ロナロ、ドライガン、マイエル、クローリア、クインらも一緒だ。

場所は、大規模な港に程近いメイズリントの北にある山を一つ越えた先にあるヒラタイラ平原である。

山に近い辺りには緑の色が広がっているが、北西から北、北東に存在している三つの火の属性迷宮の影響によって、北に向かうほど緑の色合いは失われていく。その代わり、剥き出しになった地肌や火の属性を帯びた岩石や植物の赤系統が増えてくる。

三つの迷宮へ続く道は収穫祭の為に交通規制が敷かれ、普段利用している商人や一般人の姿はなく、冒険者達がひしめいている。

収穫祭であってもドライガンらはいつも通りの装備だが、ルスクロウは貸し倉庫の中で眠らせていた対火属性の魔物用の装備で全身を固めている。

火の精霊の祝福を受けた鋼鉄製の胸当てと小手に、炎の霊鳥フレイムピックの骨と嘴《くちばし》を使った兜《かぶと》、水の女神アクオリアの加護を受けた短槍と短剣三本という出で立ちだ。

迷宮探索にしろ魔物討伐にしろ、事前に情報を集めて備えをしておく事は冒険者として基本中の基本であり、ルスクロウもドライガンらに口を酸っぱくして教えている。

それでもドライガン達の装備が普段通りなのは、身につけている物の基本性能が高すぎる為、これでも充分に通用するからであった。

実力と装備共に新人離れした、常識が通用しない問題児。それがこのドライガン達だった。

一方、装備を揃えるのが間に合わなかった正真正銘の新人達は、水に浸したマントを頭から被るだとか、水の入った桶をすぐ近くに置くなど対策をしている。

そんな彼らの姿を懐かしげに見つめながら、ルスクロウはドライガン達に話しかける。

「迷宮を見張っている都市騎士団と神殿の神官達の話じゃあ、今年の収穫祭の発生源は三つ。高位の火の精霊と契約して作ってもらった迷宮『バシャルカンの慈悲』。火の神の一柱ジャンボルダイが試練として残した迷宮『大火の絶壁』。そして、紫色の火の体を持つという邪神ル・ボルタの残した迷宮『紫炎残災《しえんざんさい》』だ」

ルスクロウは一つ一つ名前を挙げながら、それらの迷宮のある方向を指差し、それぞれに対して布陣している冒険者達も合わせて見回す。

ルスクロウに応じたのはドライガンである。長柄の大戦斧を右の肩に担いで佇むその姿からは、まるで彼こそが迷宮の最奥で冒険者を待ち構える神の試練であるかのように思わせる荘厳《そうごん》な雰囲気が発せられていた。

「都市騎士団が控えているのはいざという時の備えだろうが、収穫祭に参加する必要のなさそうな凄腕達も顔を揃えているな」

ドライガンが指摘したのは、いくつにも分かれた冒険者達の中に明らかに装備の質や佇まいの異なる上級冒険者が紛れている事だ。

上級冒険者ともなれば、より希少な素材や奇跡の残滓に触れる機会の多い、難易度の高い迷宮に潜って、桁違いの稼ぎを得られる。

メイズリントの冒険者達にとって夢と欲望の体現者達にして成功者だ。

その彼らにとって、収穫祭はかつて自分達の一時期を支えた思い出でこそあれ、今はもう参加する必要性はないはず。

「ああ、中には市長や組合長に雇われた奴らもいるだろうが、それは少数派だな。冒険者達にも派閥があるから、収穫祭に初参加する連中の面倒を見る為に来ているんだろうさ。都市騎士団が最後の保険なら、上級の連中はその一個前の保険ってところかね」

「ふむ、自由を謳《うた》う冒険者も派閥作《はばつづく》りは避けられんか。必要に迫られての事だろうが、切実というか、現実の厳しさからは逃れられないのだな」

「まあ、一匹狼も結構居るが、頼れる相手が居るっていうのは精神面で大きな支えになる。そう悪く言うもんじゃないさ」

「む、そのように聞こえたのなら謝罪しよう。決して冒険者を貶《おとし》めるつもりではなかったが、言葉を間違えてしまった」

「あいよ。なあに、分かっていて言った事さ。おれだってどうかねえって思わないでもない。それに、力のある派閥は組合の方と上手くいかねえでゴタゴタする事もあるし、一長一短さね」

そう言うルスクロウは怠惰の沼に嵌る前はどこの派閥にも属さぬ、いわば困った時の助《すけ》っ人枠《とわく》、あるいは利用価値のある中立派として、当時の仲間達と共に行動していた。

その時の人脈は今でも生きており、多くの知り合い達はルスクロウが冒険者として復活した事を歓迎し、同時に彼が関わっているドライガン達の利用価値を見定めようとしている。

「ま、例年通りなら上級の連中が手を出すような事にはまずならんさ。初級の中には装備を整えられなかった奴らも居るが、各神殿が医療班を出してくれているし、市長達の雇った医師連中も待機している。すっかり祭として定着して、対処手段が確立されているから、そうそう死人は出ないしな」

「上級冒険者か。組合の設定した十級から八級までが初級、七級から五級までが中級、四級から二級までが上級だったな。一級冒険者は特級だったか。流石に特級の姿はないのかな？」

「特級となりゃ、メイズリントの切り札だ。いくらなんでも中級者で充分な祭には引っ張ってこねえやな。ん～、見たところ、一番腕が立つのが、ほれ、あそこに突っ立っている三級冒険者の『灯《とう》火《か》』か」

ふむ、と呟きながら、ドライガンはルスクロウが顎でしゃくった方を見る。

いかにも初々しい十代半ばほどの新人冒険者達に付添って面倒を見ている四人組の冒険者達が、その灯火らしい。

雄の黒獅子《くろじし》の頭に屈強な体躯《たいく》の獅子人《ししびと》は、両刃の大剣二振りとミスリルの輝きを放つ胸当てからして重戦士。鋭い毒針を備えた尾と茶色い甲殻を持つ蠍人《さそりびと》の男は軽戦士で、アダマンタイトのナイフ二振りと自前の甲殻を装備とする。

褐色の肌に笹の葉のような耳、白銀の長髪が目を引くダークエルフの女性は精霊使いらしく、衣服から極力金属を廃しており、右手には捻《ねじ》れた霊木《れいぼく》の杖を握っている。

ゆらゆらと細長い尻尾を揺らしている猿人《さるびと》の女性は格闘家だろう。強力な魔力を発する棍を持っている。

ドライガンの目から見ても、このメイズリントで出会った中でも一、二を争う実力者揃いである。佇まいにも余裕が見て取れて、人柄の方もそう悪くはなさそうだ。

「なかなかの実力者だな。だが、ルスクロウ殿も彼らと比べてそうそう捨てたものではないと思うけれどな」

ドライガンが自然に発した言葉に、ルスクロウは苦笑する。

「よしてくれ。怠《なま》けて腕を錆びつかせちまったおれと、メイズリントを代表する上級冒険者とを並べて語ってくれるなって」

「教え子からの高評価は、素直に受け取ってほしいものだな」

「へいへい」

「それで、私達はここで待機したままでよいのか？　後方の医療陣地とほとんど変わらない位置だが、ここからでは出遅れるのでは？」

「最前線に立ちたいってんならここは良くはねえ場所だ。しかしよ、お前さん達が前に出ちまったら、手柄を独占しちまって他の連中からやっかまれちまう。これからメイズリントでやりにくくなるのは、望んじゃいまい。それに、お前さん達は収穫祭の恩恵に与《あず》かる事にはさして興味ないだろ？　この位置なら冒険者達の動きも、それを支援する神殿の連中や包囲陣を敷いている騎士団の動きやそれらの連携も確認出来る。お前さん達が見たいのは前線の当事者達じゃなくって、それを支える後方やもっと広い視点を持つ連中の動き——違うか？」

「ふむ、やはり貴方は慧眼《けいがん》をお持ちだ。この短い付き合いで我々をよく理解してくれている」

「はは、お前さん達は自分達の目的を特に隠そうとせずに行動していたからな。いつかメイズリントを離れた時には、多分、おれ達が初めて聞く迷宮か都市の名前が届いてくるかも、くらいは考えているよ」

「分かった上で指導してくださっている事に感謝します。では、ささやかながら、情報をいくつか。我々の戻るべき場所はここからは随分と離れている。島と島とを行き来するのとは違い、より広い意味で海によって隔たれているのだから」

　このドライガンの言葉が嘘でないと分かると、ルスクロウは少しだけ驚き、左の眉をピクリと動かしてそれを示した。

　誠意には誠意で応える者達だと分かっていたが、自分達の本拠地の情報をぼかしてとはいえ口にしたのは、思えばこれが初めてであろうか。

「なるほどね、商売敵《しょうばいがたき》は海の向こうってわけか。組合連中もそれなら少しは安心出来るか。しかし、それじゃあ、おれが足を伸ばすのは難しそうだぜ」

「なに、貴方が望むのならば特別に船の一つも用意するとも」

「ははは、そりゃ、ありがたいこって。そこまで特別な扱いを受けるのは、生まれて初めてだ。そうなるのを楽しみにしとくぜ。メイズリントで骨を埋める予定だが、外の水と空気の味を知っておくのは、良い事だからな」

　こうしてドライガンとルスクロウが話をしている間も、ロナロは熱心に手帳に何かを書き込んでいる。四方八方に視線を巡らしては聞こえてくる会話に聞き耳を立てて、情報収集に余念がない。

一方、クローリアとクインは周囲の熱気にはまるで興味がない様子だ。

クローリアは求道者の如く落ち着き払っているが、クインは既にこの状況に飽きてしまったようで、地面に敷いた毛布の上に寝転がって昼寝を始めている。

メイズリントで噂の規格外の新人達は全員、周囲から寄せられる好奇の視線を気にも留めてもいなかった。

「ドライガン、ルスクロウさん、少しよろしいですか？」

二人に声を掛けたのはマイエルであった。

ドライガンら一行の中で、最もメイズリントの市民達に受け入れられているのは、間違いなく彼女だろう。

マイラール教徒の手本のように慈悲深く包容力に満ちたこの女性は、市井の人々のみならマイラール教団の神殿や教会にも呼ばれて、司祭や神殿の長達とも言葉を交わしている。

そして、彼女と話した者は例外なく感銘《かんめい》を受け、その人柄に心酔《しんすい》するという。

「どうした、マイエル？」

「皆さんが前線に出ない理由は私も承知していますが、私だけでも前に出させてもらえないでしょうか。怪我をされた方を一刻も早く癒やして差し上げたいのです」

「ふむ、通り魔ならぬ通り治癒《ちゆ》か。君らしい剛毅《ごうき》さと慈悲深さだ。保護者役の中にも神官や薬師の姿が見受けられるが、君が前線に居れば致命傷でも助けられよう。私としては君の好きにすればいいと思うが、指導役殿はどう思われるかな？」

「あ～、そうだねえ。マイエルの治癒の奇跡の腕前は知られているし、支援の神聖魔法も凄いってあちこちで噂だからなあ。引き抜きの声が大きくなるだろうけれど、まあ、いいんじゃない？黙って後ろで見ているだけってのは、マイエルの信条には沿わないだろうしねえ」

二人の承諾を得て、マイエルはほっと安堵の息を吐く。

「ありがとうございます。では今のうちに前の方へ行っておきますね」

ルスクロウは少しだけマイエルを案じたが、すぐに振り払った。

彼女はいかにも後方で前衛を支援し、癒やす印象だが、その実、接近戦における戦闘能力の高さはクローリアやドライガンにも劣らぬものであると、目の当たりにしていたからだ。

それにマイエルを周囲の冒険者達が邪険に扱う事はあるまい。彼女の〝通り治癒〟は素直に感謝されるだろう。

「お待ちください。マイエル様が行かれるのでしたら、私、クローリアもお供いたします。私如きの護衛など必要はないと充分に存じておりますが、御身を一人にするわけにはまいりませぬ」

マイエルに対する強烈な畏敬《いけい》の念を隠さぬクローリアの言葉だ。

マイエルはこれに、少し微笑みを深めた。

マイエルほどではないにせよ、メイズリントには珍しい時の女神クロノメイズの神官戦士であるクローリアも、それなりの知名度を得ている。

その実力、物腰からして只者ではない彼女がマイエルの傍に控えていれば、万が一にも不埒《ふらち》な考えを起こす者はいないだろう。

それはそれとして、戦場を駆ける二人の姿は、実に映《は》えるに違いない。

「クローリアさん、せっかくのお申し出です。謹《つつし》んでお受けいたします。では行きましょう。そろそろ迷宮から魔物達が溢れ出しはじめましたよ」

どうしてそんな事が分かるのか？　ルスクロウは一瞬首を傾げるが、その時には既にマイエルとクローリアは前線へと向けて歩き出していた。

ドライガンが二人の背中に、竜の頭で――人間には分かり辛い――苦笑を浮かべる。

しかしてマイエルの言葉の通りに三箇所の迷宮から魔物達が続々と姿を見せ、それぞれの優先対象を目指して暴走を始めた。

『バシャルカンの慈悲』から溢れた精霊力を核とした迷宮魔物達は、メイズリント側が大量に用意した火精石の気配に引かれて、一直線に市街地を目指す。

『大火の絶壁』と『紫炎残災』からもそれぞれ神聖さと邪悪さを感じさせる迷宮魔物達が溢れ出している。しかし、こちらは互いに上役が敵対しあっている間柄なので、互いに戦いながらメイズリントへ向かっているという有様だ。

『大火の絶壁』の迷宮魔物達はジャンボルダイ系列の信徒達の祈りによって進行方向を制御出来る。それで、一人でも多く人間を殺害しようとしている『紫炎残災』の迷宮魔物達とぶつけられているのだ。

今回のように人類の味方についている神の管理する迷宮がある場合には、暴走の方向性を制御する事が可能になる。これも、長いメイズリントの歴史の積み重ねがあればこその発見だ。

マイエルとクローリアを見送ったドライガンは、遠方で土煙を上げている迷宮魔物の大群を見やりながら、さてさて、と顎を撫でる。

こちらと違ってドライガン達の管理している迷宮では、内部の魔物を外に出すわけにはいかない。

つまり、収穫祭のような行事は迷宮内部で発生させ、完結させる他ない。

そうなると、迷宮内部に換金や治療、事前の準備を行なえる態勢を確保する必要が出てくるわけだが、そちらはもう半《なか》ば解決していた。

あとは周辺への根回しが主な仕事になるか。

問題なのは、そういう仕事こそ、ドライガンやロナロの苦手とするところである事だった。

†

地面の上に敷いた毛布の上で眠りはじめたクインは放っておいて、ドライガンはルスクロウと肩を並べて、高みの見物を決め込んでいた。

ロナロは相変わらず前線の冒険者達や後方の神殿関係者、医療班などに鋭い目を向けている。

その他にも、商人達がすぐさま素材を買い取る用意を整えており、都市騎士団は周囲に分厚い陣容を敷いて非常時に備える。

ドライガン達が管理する迷宮に適用するわけにはいかない点も散見されるが、それでも充分勉強出来ているようだ。

はるか向こうの大地から立ち上る土煙がはっきりしはじめ、大地を揺るがす無数の足音と風の精霊達をざわめかせる火の気配を感じて、多くの冒険者達が緊張を高める。

収穫祭未経験者達は、傍目にも明らかな程、体に力が入っているのが見て取れる。あれでは本来の実力の半分も発揮出来まい。

ルスクロウは腰の道具袋に入れていた望遠鏡を取り出し、土煙を上げる迷宮魔物の群れを眺めて、のんびりと口を開く。

「おうおう、そろそろ来る頃かね。『バシャルカンの慈悲』系統の迷宮魔物は、火の精霊力を核としていて、今回の三種の迷宮の中では一番水の力が有利に働く相手さ。他の二つは精霊よりも物質に近い性質を持っているから、水の力がなくても物理で殴ればまあまあなんとかなる。ただ、今回みたいな場合は他にも留意せにゃならん事がある。分かるかい？」

「ジャンボルダイとル・ボルタは敵対している間柄《あいだがら》だ。当然、その被造物である迷宮魔物達にもその影響が出ているのだろう。私の目には争いながらこちらを目指している姿が映っているよ」

ドライガンの言う通り、こちらを目指している迷宮魔物達のうち、ジャンボルダイ系とル・ボル

タ系の者達がお互いに襲いあい、順調に数を減らしている。

「流石の目の良さだな。まあ、こっちまで来ればジャンボルダイ神の迷宮魔物達もおれらを狙ってくるだろうが、それまでに戦いあって、いい具合に消耗してくれるはずだ。今回みたいに複数の迷宮からなる収穫祭の場合は、各迷宮間の相性や関係性も考慮する必要があるって事よ。たとえば同じ背格好の奴が二人居たとしても、ジャンボルダイ神の信者は、ル・ボルタ系の奴から狙われやすいし、逆にジャンボルダイ神系の迷宮魔物からは狙われにくいだろうよ」

「そうなるか。私の地元でも多少は考慮する必要があるかもしれんが、こちらほど深刻ではないな」

ドライガンの地元の迷宮は、膨大な数の神々の作り出した迷宮や施設、自然環境を、大邪神が適当につぎはぎにしたものである。神々同士の関係や相性の複雑さときたら、メイズリントを上回るものがある。

だからこそ一度内部の整理を行ない、さらにドラグサキュバス達に内部の管理を委ねているわけだが。

ドライガンとルスクロウが観察を重ねてしばらく、冒険者達が構築した防衛線の最前線での戦闘が始まった。

マイエルとクローリアもそちらに移っているが、この両者に対してドライガンはおろかルスクロウもまるで心配してはいなかった。

最前線を担当するのは、収穫祭の主役である初心者脱却間近や成り立ての中級冒険者達。それに加え、彼らが窮地《きゅうち》に陥った場合に補佐する歴戦の冒険者達である。

ここで初心者達が耳にタコが出来るくらいに先輩達から教えられるのは、外に出た迷宮魔物達は迷宮の内部とは異なる動きをする事だ。

迷宮と同じように戦って、大きな怪我をしたり、自分の四肢や生命を失ったりした冒険者はいくらでも居る。

だから初心者の大部分は事前に何度も戦った迷宮魔物相手でも気を張り詰めて、武器を握る手に力を込めていた。

そんな彼らのやや後方から男女による歌が聞こえてきた。

耳にした者の精神を半強制的に落ち着かせ、戦場において興奮と狂騒《きょうそう》に流される事も、恐怖と不安に呑まれる事もなく、実力を十全に発揮出来るようになる歌だ。多くの派閥の神々が有する神の奇跡である。

また、吟遊詩人も似た効果を持つ魔法歌や魔法の音楽を奏《かな》で、精霊使いも精神に作用する精霊に働きかけて同等の効果を発揮し、何重にも支援を行なう。

迷宮の中とは違う状況に過度な緊張を覚えていた者達が、精神に作用する神聖魔法と魔法歌によって精神だけは歴戦の戦士へと至って、すっかりと落ち着いた様子に変わった。

防衛線の後方には都市騎士団が保有する大砲が何門も配備されていたが、これらは威力が強すぎて迷宮魔物を跡形もなく吹き飛ばしてしまい、素材を得られない。その為、あくまでも防衛線を突破されそうになるなどの非常事態に備えての保険でしかない。

よって、防衛線から放たれた最初の一手は、冒険者達が個々に放った魔法や弓矢——ごく僅かながら銃弾も交じっている——であった。

この頃になると、押し寄せる迷宮魔物達の姿がはっきりと見えるようになる。エレメンタリアと呼ばれる精霊系の迷宮魔物以外は凄まじい迫力だ。

遠距離攻撃を受けた魔物が絶命するが、魔物達の凄まじい勢いは衰《おとろ》えない。転倒した魔物は後続に容赦なく踏み潰されて、原形を留めない肉塊に変えられる。

事前に士気高揚の神聖魔法を行使していなければ、この時点で何人かの冒険者達が逃げ出し、少なくない数の冒険者達が実力を発揮出来なくなっていただろう。

冒険者達との距離が詰まるにつれて、迷宮魔物達も徐々に横に広がりはじめ、それぞれが狙いを定めた獲物へと殺意の矛先を向ける。

遠距離攻撃はまだ継続しているが、ついに最前線が交戦開始した。

大盾や槍衾《やりぶすま》、底に杭が仕掛けられた落とし穴、土魔法で構築された土壁など、所狭しと用意されたそれらへ迷宮魔物達の先頭が死を恐れずに突っ込む。

「来たぞ、かかれぇええ‼」

その号令が限界ギリギリまで引き絞られていた冒険者達の制止の糸を断った。

水の神ないしは精霊の加護や魔力を付与した武器を掲げた冒険者達が、一斉に大地を駆けて高熱を放つ火の迷宮魔物達へと群がる。

握り拳大の赤い球体を中心に燃《も》え盛《さか》る炎を纏うファイアエレメンタリア。

真っ赤に焼けた毛皮とルビーを思わせる爪や牙を持つセキネツオオカミ。

研磨した石のような体表に炎の文様《もんよう》が蠢き、四本の腕に長剣や斧を構える異形の人型、炎刃《えんじん》の守護者。

これらだけではなく、蝙蝠や鷹《たか》、巨大な蜥蜴《とかげ》や熊、様々な生物の特徴を備える巨人など、数多の種類の迷宮魔物達と冒険者達との本格的な戦闘がようやく始まった。

火の属性を持つ迷宮魔物達は、灼熱の吐息や炎の礫《つぶて》、炎弾を放ちながら、鋭い爪や鈍器のような尾を次々と冒険者達へと叩きつける。

対する冒険者達も何十、何百もの支援魔法の恩恵と、入念に対策を行なった装備と知識のお蔭で、怯まず勇猛に魔物に挑みかかり、次々と首を刎《は》ね飛《と》ばし、胴を薙ぎ、心臓を貫く。

まるでお伽話《とぎばなし》の英雄譚のような戦いぶり——個々の実力自体は英雄と呼ぶには今ひとつだが——に、見学していたドライガンが感心した声を出す。

「ふーむ。やはり精神干渉の効果は絶大だな。初めて武器を持った人間も精神状態だけはひとかどの戦士になれるのだから。ルスクロウ殿の言う通り、迷宮魔物同士で戦う事はなくなり、人間の相手を優先するようになっているが、後続はまだまだ途絶える様子がないな」

「ああ、ここ最近じゃあちっと覚えがないくらいに規模がでかいな」

はて、何かあったか――と、顎鬚《あごひげ》を撫でるルスクロウを横目に、ドライガンは誰にも聞こえないように呟く。

「私達のせいではないと思いたいがな」

ジャンボルダイとル・ボルタにはしっかりと釘を刺しておいたから、特別な事はないはずなのだが――ドライガンは、決して余人には聞かせられない言葉を呑み込んだ。

となると、それぞれの迷宮の創造主が干渉していない範囲で、迷宮の機能に障害が発生したか、単に大量発生の周期に居合わせたという事なのだろう。

「さあて、想定よりも数は多いが、強さは想定内だ。んん～、ドライガン、クイン、ロナロ、どうだい、そろそろ前線に殴り込みを掛けにいかねえか？　まあ、そんなに急ぎじゃなくって、のんびりめにな」

ここでルスクロウの言葉に反応を示したのは、ロナロであった。書類や筆記用具一式を鞄に仕舞いながら、右手はしっかりと腰の剣に伸びている。

「前線に行くのにのんびりめなのですか？　それではあまり救援の意味がないような？」

「実績で言えば君らも初心者なんだけれど、実力とお金回りがどう考えても上級か特級だからね。素材採取の途中のところに足を踏み入れたり、戦闘に無理に割り込んだりすると、嫌な顔をされちまうからよ。ちょっとやばそうなのが出てくるまではゆっくりいって、前線の空気ってものを感じないかっていう提案なわけ。どうかな?」

「私は構いません。見える距離とはいえ、直に前線の空気を肌で感じられるのなら、それに勝るものはありませんから。ただ、クイン殿のご意見を伺った方がよいかなと」

この中で最も暴れ出す可能性の高い危険人物の名前を出され、ルスクロウは毛布の上で寝転がっていたクインに視線を向ける。

自分の話になったからか、クインは毛布から立ち上がり、いつもの尊大な態度に戻っている。

ちなみに、この態度は他者を侮蔑《ぶべつ》しているのではいない。上と下で分類するなら、自分が上でそれ以外は下と判断しているだけで、下の者に価値がないと考えているわけではない。

「あのような連中の戦いに進んで加わろうとは思わん。必死に明日の食事の為に戦う連中の姿を見物するくらいで充分だ。それに、マイエルが前線でうろうろしているのなら、怪我人はともかく死人は出まい」

「死人は出ないって、そりゃまたすげえ評価だが、マイエルさんならなんか納得なんだよなあ。マイラール教団の神殿でもすげえ人気なんだぜ。下は一般の信者から上は大司祭まで彼女と話をしたがるくらいだし」

マイエルの素性を知っているドライガンらは、それはそうだなあ、と心底から納得していたが、他人の耳のあるこの場でそれを口にするわけにはいかない。

「うちの神官殿は大したものだろう。彼女は情が深すぎるから、また人望を高める事になってしまいそうだ」

「遠からず、メイズリントを離れる君らには、余計な荷物かい？」

「そこまで切って捨てる事は出来んが、別れ難《がた》くなってしまうのは確かだよ。さあ、そろそろ行こう、のんびりと」

ようやく、メイズリントあるいは世界で最強の冒険者パーティーが重い腰を上げたのだった。

ドライガン達が早足程度の速さで前線に向かいはじめた頃、マイエルとクローリア既に前線に加わり、粛々《しゅくしゅく》と自身の心に従って動いていた。

「うわあああ⁉」

ヒクイジシの右前肢の一撃を受けて地面に倒れ伏したのは、冒険者の少女――レリエス。

乱雑に切り揃えたすみれ色の髪に、荒れの目立つ肌をしている。

左肩を深く裂かれているが、窮地に陥ってもなお全身に活力が満ち、黄昏色《たそがれいろ》の瞳でヒクイジシを睨みつける。

少女の周囲には同じ村出身の仲間二人が、同じように他のヒクイジシ達によって打ち倒されて、苦しげに呻いていた。

炎の鬣《たてがみ》と火の因子を含有する毛皮を持つヒクイジシは、中級冒険者ならば優位に戦える迷宮魔物だが、ようやく初心者を卒業しようかという彼女達には荷の重い相手だった。

レリエスは特別な生まれではない。

よくある農村のどこにでもいる農家の三女が、華々《はなばな》しい暮らしに憧れて生まれ故郷を離れた。その憧れた職業が冒険者だったというのが少し変わっているが、ここメイズリントではありふれた話だ。

同じ志を持った幼馴染二人とメイズリントを訪れて、苦労しつつ今日まで来たものの、どうやら幸運の女神に見捨てられてしまったらしい。

レリエスは鍔に水精石の埋め込まれた剣――アクアソードの切っ先を、必死に目の前のヒクイジシに向ける。

燃える唾液《だえき》を垂らしながらこちらを睨むヒクイジシは邪神の産物である。人間を殺す事を楽しむという胸糞《むなくそ》の悪くなる特性を持つ。

レリエスだけではない。他の二人にも、他の冒険者達にも、ヒクイジシはこれからお前達を殺してやるぞ、と視線で伝えている。

「ヴァルハラで会おう！」

レリエスは信仰する戦神アルデスが勇者達を死後招くという国の名を叫び、アクアソードをあらん限りの力で突き出す。

「お主のその気概はあの方の好みに合致するところであるが、いささか実力が足りておらぬな。精《しょう》進《じん》せよ」

レリエスの突き出したアクアソードよりも早く、飛び掛かってきたヒクイジシの前肢《まえあし》がレリエスの首を吹き飛ばすはずだった。

しかしそれは、背後から聞こえてきた声と同時に、何故かピタリと停止していた。

他の二人に襲い掛かろうとしていたヒクイジシもまた、同じように空中で、あるいは地面を蹴《け》った姿勢のまま動きを止めている。

どうやら体の一部だけが動きを止めているらしく、ヒクイジシ自身も相当に戸惑《とまど》っているようだ。

「これは、拘束の魔法?」

「いや、あやつらの肉体の一部の時間を止めた」

え? と、レリエスがその声に振り返るよりも早く、彼女の背後から飛び出した影は、手にした曲刀で丸太よりも太いヒクイジシ達の首を瞬く間に斬り飛ばしてしまったではないか!

水際立《みずぎわだ》ったその手練《しゅれん》にレリエスが目を丸くする中、その救い主である女神官戦士クローリアは、警戒を緩めず、冷厳な雰囲気のままに周囲を見回す。

「マイラ――んん、マイエル様。既にこの付近の敵の掃討《そうとう》は終わりました」

クローリアの言葉に、レリエスがはっとなって周囲を見ると、確かに彼女の周りからは迷宮魔物が一掃されている。

「あれだけ居た迷宮魔物達を一人で退けた? そんな、それじゃまるで上級冒険者みたい……」

驚くレリエスの肩に、羽が落ちたような軽さで手が置かれ、そこから心地よい温もりが伝わってくる。

「私達は、まだまだ卵の殻の取れていない雛鳥《ひなどり》のような新人冒険者ですよ」

なんて優しく、なんて温かく、全てを委ねてしまいたくなる声であろう。レリエスは半ば思考を放棄しながら振り返る。

そこには首からマイラール教のシンボルを提げた、ぬばたまの黒髪と柔らかな表情がこの上なく似合う女性が居た。マイエルである。

「あ、貴女は、マイエル様」

「こんにちは、レリエスさん。以前に教会の炊き出しでお手伝いしてくださった時以来でしたか。皆さんもこの収穫祭に参加されていたのですね。それと、私の事はマイエルで結構ですよ。様などとつけて呼ばれるような者ではありませんから」

それを聞いていたクローリアは〝いや、貴女を様と呼ばなくてどうするのですか〟と、メイズリントに来てから何十、何百回目かになる言葉を心中で繰り返した。

話をしている間に、既にレリエスの傷は癒えており、それを確認したマイエルは他の仲間達のもとへと足を運び、癒やしの奇跡を行使する。

マイエルのこの治療はレリエス達だけではなく、前線のあちこちで負傷した者達に対しても行なわれていたようだ。気付けば、マイエル様、マイエル様と叫ぶ冒険者達が次々とこちらに向かってきている。

自分自身や仲間の救い主であるマイエルを守ろうとしているのだろう。

「意図してなさった事ではないにせよ、順調に信者を増やしておられる。天性の人誑《ひとたら》しなどと言っては無礼だが、一派の主としては学ばねばならぬな」

クローリアが何万回目かの敬意を抱きなおしたところで、迷宮魔物の最後尾の辺りにいた超大型の魔物達の半数程が、上空から放たれた銀と白、二色の炎のブレスで灰になった。

ブレスが終息するのに続いて、ドライガンとクイン、さらにはロナロまで大型魔物達の群れのど真ん中に落下した。ズバズバと喜劇みたいに大型魔物達の手足や首を斬り飛ばし、あるいは拳や足、尾を叩き込んで即席ミンチを大量生産しはじめる。

「収穫祭ではご自重されるはずだったのでは？」

事前の打ち合わせとは違う事をしている三人に、クローリアは思わず本音を漏らさずにはいられなかった。

流石のマイエルもあらまあ、と驚き顔だ。

二人揃って呆れていると、短槍を肩に担いでひいこら言いながらルスクロウが走ってきた。どうやら置いていかれたらしい。

「ひいひい、いや、もう三人とも足が速いねえ、おじさん、置いていかれちゃったよ」

「ふむ、いかがした、ルスクロウ。前線どころか敵陣最後尾に突撃を敢行《かんこう》するなど、聞いてはおらぬが」

「それがねえ、どうも迷宮魔物の屍骸《しがい》が図らずも媒介の役目を果たしちゃったみたいで、なんか最後尾の方でヤバめなのが出そうだってクインが言い出してさ。そんで、ドライガン達が飛んでっちゃったのよ」

「なるほど」

一言呟き、クローリアは改めてドライガンが天災の如く暴れまわっている辺りを見回す。

そして、既に挽肉《ひきにく》の一部と化していたが〝まあまあ程度の力を持ったル・ボルタの眷族〟の成れの果てを見つけた。

おそらく自分が誰に滅ぼされたのか認識する暇もなかったろう。哀《あわ》れなほどの瞬殺っぷりである。

しかし、相手がドライガンやクインだと考えれば――

「訳も分からぬうちに滅ぼされた方が、恐怖は小さくて済むか」

――と、クローリアは心の底から同情するのだった。

何しろ、クローリアも一度はドライガンに滅ぼされる事を覚悟した身の上である。

かくして、ロナロことクリスティーナは、遠慮をしなくてよい相手に対して思う存分暴れまわり、慣れない領主仕事で溜め込んだ鬱憤《うっぷん》を綺麗さっぱりと晴らしたのであった。

――これが、この後間もなく彼女とベルン男爵領に襲い掛かる新たな脅威を前にした休息である事を、クリスティーナはもちろん、ドランでさえまだ知らなかった。

さようなら
GOOD BYE, DRAGON LIFE.
こんにちは
竜生、人生
1~4
原作:永島ひろあき Hiroaki Nagashima
漫画:くろの Kurono
シリーズ累計
46万部!!!!!
元最強竜の
村人転生ファンタジー開幕!!
コミックス大好評発売中
悠久の時を過ごした最強竜は、自ら勇者に討たれたが、気付くと辺境の村人に生まれ変わっていた。畑仕事に精を出し、食を得るために動物を狩る――質素だが温かい生活を送るうちに、竜生では味わえなかった喜びで満たされていく。そんなある日、付近の森で、半身半蛇の美少女ラミアに遭遇して……。――辺境から始まる元最強竜転生ファンタジー、待望のコミカライズ!!
◎B6判　◎各定価:本体680円+税
Webにて好評連載中!
アルファポリス 漫画
検索
さようなら
GOOD BYE, DRAGON LIFE.
こんにちは
竜生、人生
4
原作:永島ひろあき
漫画:くろの
旧き女神の邪な企みに
竜が裁きを下す!
46万部!!
元最強竜転生ファンタジーコミカライズ第4巻!!

◉ISBN 978-4-434-27237-0

AUTHOR:Alto

［著］アルト

婚約破棄《こんやくはき》をされた悪役令嬢《あくやくれいじょう》は、すべてを見捨《みす》てることにした

She hates all that despised her.

7年分の“ざまぁ”お届けします。

婚約者である王太子の陰謀により、冤罪で国外追放に処された令嬢・ツェレア。人里に居場所のない彼女は、『魔の森』へと足を踏み入れる。それから七年が経ったある日。ツェレアのもとを、魔王討伐パーティが訪れる。女神の神託によって彼女がパーティの一員に指名され、勧誘にやって来たのだ。しかし、彼女はそれを拒絶し、パーティの一人を痛めつけて送り返す。実はツェレアは女神や魔王と裏で結託しており、神託すらも彼女の企みの一端なのであった。狙うは自分を貶めた王太子の首。悪役にされた令嬢ツェレアの過激な復讐が今始まる――！

◎定価：本体1200円＋税　◎ISBN 978-4-434-27234-9　◎Illustration：タムラヨウ

この作品に対する皆様のご意見・ご感想をお待ちしております。

おハガキ・お手紙は以下の宛先にお送りください。

【宛先】

〒150-6008 東京都渋谷区恵比寿 4-20-3 恵比寿ｶﾞｰﾃﾞﾝﾌﾟﾚｲｽﾀﾜｰ 8F
（株）アルファポリス　書籍感想係

メールフォームでのご意見・ご感想は右のＱＲコードから、
あるいは以下のワードで検索をかけてください。

アルファポリス　書籍の感想　検索

ご感想はこちらから

本書は Web サイト「アルファポリス」（https://www.alphapolis.co.jp/）に投稿されたものを改稿のうえ、書籍化したものです。

さようなら竜生《りゅうせい》、こんにちは人生《じんせい》 19

永島ひろあき（ながしまひろあき）

2020年　6月　30日初版発行

編集ー仙波邦彦・宮坂剛
編集長ー太田鉄平
発行者ー梶本雄介
発行所ー株式会社アルファポリス
〒150-6008 東京都渋谷区恵比寿4-20-3 恵比寿ｶﾞｰﾃﾞﾝﾌﾟﾚｲｽﾀﾜｰ8F
TEL 03-6277-1601（営業）　03-6277-1602（編集）
URL https://www.alphapolis.co.jp/
発売元ー株式会社星雲社(共同出版社・流通責任出版社)
〒112-0005東京都文京区水道1-3-30
TEL 03-3868-3275
装丁・本文イラストー市丸きすけ
装丁デザインーansyyqdesign
印刷ー図書印刷株式会社

価格はカバーに表示されてあります。

落丁乱丁の場合はアルファポリスまでご連絡ください。

送料は小社負担でお取り替えします。


ISBN978-4-434-27240-0 C0093